강물과 같은
평화

한미 FTA 한류 분야 비준에 통과된
세계 유일한 분단국 세계 평화 통일 교육을 위한 이야기

강물과 같은
평화

김영임 소설

좋은땅

평화로 가는 길

오랜 시간 민주화 과정에서 온 부작용으로 힘든 일들을 겪었지만 비 온 뒤 땅이 더 굳어지는 것처럼 활짝 개인 뒤 그 위에 쏟아지는 햇볕이 눈부시도록 아름다웠다.

파아란 하늘빛이 눈이 시리도록 아름다워서 한동안 바라보았다. 사계절이 뚜렷한 대한민국에서 살고 있다는 것이 자랑스러웠다. 가장 짧은 시간 안에 산업화를 이루어 냈고 가장 짧은 시간 내에 민주화를 이루었으며 가장 짧은 시간에 시민화를 이루어 낸 우리나라는 세계에서 강한 경제 대국으로 우뚝 솟아 세계인의 관심 대상국으로 한류 문화를 창조해 내 우레와 같은 박수를 받고 있다.

과거 한국 전쟁으로 폐허가 되어 버린 아주 못산 사람은 너무 못사는 빈부의 격차가 벌어져 사회 문제로 대두되고 있는 현 상황이다. 그렇지만 아무튼 긍정적인 생각으로 조심스럽게 민주화에서 평화로 가는 길을 묘색해 보기로 하자.

여기 이 자리에서 내가 할 수 있는 일은 문인으로 자유로운 편지를 써서 좋은 글을 인터넷에 올리는 일로 내가 스스로 맡아서 선구자 역할을 하는 것이라고 생각했다. 평생 후손들에게 정신적인 유산을 물려주기 위해 창작의 길을 선택한 것은 동서화합, 대통합을 하는 데 일조하는 것이라고 판단하고 목숨이 다하는 날까지 젊었을 적 열정이 식지 않아 항상 그때를 생각하며 초심을 잃지 않고 맑고 순수한 영혼의 샘물을 길어 올리려고 최선의 노력을 하고 있다.

촛불 혁명으로 당선된 문재인 대통령님의 취임식 연설은 이제부터 하고자 하는 일의 시작이었다. 문재인 대통령님의 성공을 위해서 내가 필요하고 나는 나의 꿈을 현실로 이루기 위해서는 문재인 대통령님이 필요로 하는 서로 필요하다는 점에 공감대를 형성하여 우리는 동지가 된다고 생각하는 사람이다.

사람은 불완전하기 때문 한 사람이 중요한 여러 가지 일을 할 수가 없다. 가장 잘할 수 있는 분야를 개척해서 맡아서 하는 일이 이 시대를 살아가는 시대정신에 투철하여 나라 발전에 이바지하는 것이 대한민국 국민으로서 해야 하는 일이라고 생각했다. 평화는 어떻게 해서 존재하게 되는가?

우리나라의 경제력, 외교력, 국방력 즉 여러 가지 국력이 강했을 때 추진할 수 있는 요소들이다. 그동안 한반도에 큰 변화가 시작되었다.

완전하고 항구적인 비핵화를 위해 중재자 역할을 잘하시는 문재인 대통령님의 만남을 온 세계가 지켜보고 뜨거운 박수를 보냈다. 꽁꽁 얼어붙었던 겨울을 이기고 한반도에 찬란한 봄이 찾아왔다. 예년처럼 봄의 꽃들이 차례대로 피어나 마음을 아름답게 만들어 만남을 축하해 주는 메시가

하늘에서부터 내려왔다. 이 만남이 계속 이어지기를 두 손 모아 감사 기
도를 드리면서 평화로 가는 길이 더디지만 끈기와 인내, 지혜를 모아 세
계 평화에 성공하여 통일의 열매를 맺어서 모두 따먹을 수 있는 그날이
오기를 오늘도 기대해 본다. 국민 여러분 감사합니다.

2024년 글쓴이 김영임

차례

1. 운동권 시절

　어수선한 사회 분위기 속에 새날이 밝아 왔지만 어떻게 돌아가는지 아무도 알 수 없어 답답한 마음이었다. 한겨울의 세찬 바람은 춥고 배고픈 사람들이 견딜 수 없는 큰 고통으로 다가왔다. 작년 10월 박정희 대통령의 서거 후 암울하고 어두운 시대가 길게 드리우는 1980년대의 한 단면이었다.

　군의 실력자 전두환 씨를 왕 만들기 위해 무슨 일을 꾸미는지 훈련에 열중하고 있다는 소문이 파다했다. 나는 그때 그 시절 대학 2학년으로 올라가는 겨울방학을 보내면서 준비하고 있는 학생이었다.

　아직은 별다른 일이 일어나지 않고 한가하게 함박눈이 펑펑 내리는 전경을 바라보면 마음이 아름다워진다는 느낌이 새로운 경이감에 차 있는 상태였다.

　따끈한 커피 향기에 취해 거실에서 눈 내리는 모습을 지켜보는 멋스런 장면을 감상하고 있다는 것에 하느님께 새삼 감사드린다 온 세상을 사랑하면서 눈이 쌓인다. 정원에 앙상한 나뭇가지 위에 담장 위에도 소복이 소리 없이 마구 쌓여 하얀 세상으로 변하였다 잔잔한 음악이 흐른다.

깨끗하게 정화된 세상이 될 수 있도록 힘주시옵소서. 이렇게 정월 내내 추위는 왔다 가기를 반복하였다. 우리 집은 대지 60평에 건물이 1층, 2층 합해서 50평으로 아담한 단독 주택에 식구는 엄마, 아버지, 남동생 둘 이렇게 다섯 명이 살고 있었다. 아버지는 농촌 진흥원 소속 전남 농산물 원종장에 근무하시는 공무원이셨다.

내가 태어난 곳은 광주광역시 광산구 옥동이었는데 지금은 시내로 집을 사서 이사를 해 아이들 교육에 힘을 쓰신 부모님은 데모하지 말라고 당부를 하셨다. 봄이 온다고 소식을 전하는데 아직 추위는 여전히 매서운 바람이 불어와 활동하기에 불편하다.

겨우내 김장 김치를 많이 먹어 이제 물렸는데 엄마가 시장에 가서 눈비 맞아 다디단 봄 배추며 애호박을 등 여러 가지 반찬거리를 사 오셨다. 음식 솜씨가 좋은 엄마는 맛있는 반찬을 오물조물 만들었다. 구수한 된장국 냄새가 주방에서 퍼져 나갔다.

저녁때가 되자 아버지가 퇴근하시고 도서관으로 공부하러 간 새봄이 되면 고등학교 일 학년과 삼 학년이 된 남동생들도 돌아와 온 가족이 식탁에 앉았다.

"서연아 곧 개학하지? 너는 나서기를 잘한 애라 친구들과 어울려 다니면서 데모하지 마라. 데모하다 다치고 목숨 잃은 사람도 있어. 아빠가 걱정이다, 알았지?"

"예, 아빠. 걱정 마세요."

"진수, 너는 입시생이니 니가 알아서 학과를 잘 선택해서 목표를 세워 입시 준비를 잘해라. 현수도 형 따라서 모르는 것은 물어보고 학생은 공부를 열심히 해야 한다."

"예, 알겠습니다."

"저두요. 잘하겠습니다."

"여보 국이 식어요. 빨리 먹어요. 자, 먹자."

배가 고프기도 했던지 밥을 이런저런 있었던 이야기를 나누며 다 먹고 공기를 비웠다. 하루 일과가 끝나고 나의 방에서 깊은 겨울밤은 춥고 길게만 느껴졌다. 내 인생에서 가장 편안하고 평화로운 한때였던 것으로 기억되지만 부모 형제도 때가 되면 헤어져 또 다른 세계를 개척해서 적응하고 살아야 된다는 것도 배웠다.

드디어 삼월 초 개학을 했다. 나는 전남대학교 법학과 2학년에 다니는 운동권 학생이었다. 본격적으로 교내에서 모임을 자주 갖고 어떻게 민주화를 진행해야 하나 하고 논의를 하기 시작했다. 대부분 남학생이 많은 우리 학과는 보기 드물게 여대생이 적어 인기가 많았다.

친구들과 어울리지 않으면 따돌리기 때문 긍정적인 생각을 공유하고서 같이 잘도 놀았다. 교정 안은 활기가 넘쳐흐른다. 젊은 청춘들이 몇 명씩 짝을 지어 오고 가고 무엇인가 새로운 가치를 위해 힘을 다하고 있는 모습이 생생하게 또렷이 보였다. 나뭇가지에 물이 오르고 새싹의 작은 잎이 눈에서 나온다.

더 나은 희망이 우리의 미래에 주어질 수 있도록 소망을 빌어 본다. 우리는 그것을 통해 세계를 바라보고 다가갈 수 있는 용기가 생기게 되는 힘을 발견한다. 희망은 믿음에서 비롯된다. 우리 사회가 정직해지고 믿음과 신뢰가 흘러넘치는 운명 공동체가 되어야 한다고 생각한다. 또한 다른 생각을 지닌 사람들과도 공존하고 친교를 나누려고 노력해야 한다.

이러한 노력을 통해 우리 공동체는 절망이 희망으로 바뀌고 불행이 행복으로 변화될 것이다. 나는 국문과 강의를 듣는데 여념이 없이 바빠 있었다. 누군가를 기다리고 무엇인가를 기다리는 마음은 항상 설렘을 가져온다. 봄바람이 살랑살랑 불어와 새로운 환희에 찬 함성에 다시 마음을 다잡고 전공보다 부전공을 선택해 글 쓰는 데 집중적으로 시간을 투자하기로 했다.

벚꽃이 피었다가 잠시 비를 맞고 낙화하더니 집 안 정원에 목련 꽃이 얼굴을 내밀고 활짝 웃고 서 있었다. 캠퍼스에는 꽃가루가 날리고 녹색 이파리에는 이슬이 맺혀 햇살이 반사되어 반짝반짝 빛이 났다. 나무가 우거진 곳에 자리를 잡은 노천극장에서 음악이 울려 퍼진다. 우리 여학생들은 음악에 맞추어 율동을 자연스럽게 춤을 추며 노래를 부르면서 그 모습을 보고 학생들은 모이기 시작하였다. 많은 학생들을 모으는 방법이었다. 학생회장을 선출하기 위한 유세장이 되었다.

학생회장 후보 세 명이 차례로 나와서 연설을 했다. 꽃바람이 불어와 분위기는 한층 고조되었다. 학교 내에서 민주화를 위해 불필요한 것은 모두 없애 버렸다. 그리고 투표를 하였다.

학생 운동권의 일치된 지원하에 박관현 법학과 3학년이 압도적인 지지로 총학생회장에 당선되었다. 전남대 총학생회장이 야학의 강학이었다는 사실은 향후 운동의 전개 과정에서 광주지역의 사회운동진영과 전남대 학생회가 굳게 결합할 수 있는 토대를 제공했었다. 봄이 중간에 와있는 사이 학생들은 자주 모여 집회를 하였다. 캄캄한 어둠 속에서 길을 헤매고 있을 때 한 줄기 빛이 올바른 방향을 알려 준다. 세상의 어두움, 삶의 어두움, 마음의 어두움을 거두어 내기 위해 생명의 빛 광명의 빛이 나타난다는 것이다.

이용 교수 퇴진 문제는 비록 직접적인 목표를 달성하지는 못했다 하더라도 학생회를 중심으로 학생들이 굳게 단결하는 계기가 되었다. 세상에는 꽃이 만발하게 피었는데 화사한 봄과 달리 그렇게 큰 비극이 닥쳐올 줄은 광주사람들은 아무도 몰랐다. 계속 데모는 그 강도가 세어졌지만 질서를 정연하게 잘 정돈이 되었고 어지럽거나 흐트러지지 않고 가지런하게 진행됐다. 이들 시위대와 경찰 사이에서도 별다른 충돌이 일어나지 않았다. 학생들 시위에 대한 여론의 엄청난 지지 때문인지 경찰은 시위대의 주변에서 불상사가 일어나는 것을 예방하는 정도로 행동하였고 이러한 경찰들에 대하여 학생들도 음료수 등을 전달하면서 우호적인 분위기를 만들어 가꾸어 나가는 노력을 하였다.

5월 14일 시위가 끝나면서 학생운동과 학생운동지도부는 이제 정부 측의 답변을 기다린다는 의미로 17일, 18일은 쉬고 19일부터 다시 집회 대회를 개최하기로 하였다. 그런데 5월 17일 자정을 기해 계엄령이 선포되면서 비극은 현실로 우리 눈앞에서 벌어졌었다.

이 작품에서는 이 정도만 다루겠다. 다른 중요한 점을 승화해서 쓰기로 생각했다. 가장 좋은 계절의 여왕이라고 하는데 이렇게 처절한 아픔과 슬픔이 5월에 일어났다. 짙은 녹색의 그리메가 아는 듯 모르는 듯 울창한 숲을 이루어 우거지는 5월이 그렇게 썩 좋지만은 않았다.

집 뜰 안에 붉은 장미가 피어났다. 꽃넋이 되어 내 앞에 나타나 나는 언론출판의 자유가 없지만 자유가 풀리는 그날을 위해 그 사람들을 대변해서 참여 순수문학하겠다는 꿈을 가지게 되었다. 항상 내 곁에는 책이 친구가 되어 가까이에 있었다.

오이 넝쿨에 열매가 자라서 엄마가 따서 반찬을 했다. 엄마와 둘이서 점심을 먹는다. 아무 말 없이 꾸역꾸역 먹었다. 밖에 나가지 말라고 당부를 하신다. 아직은 덥지는 않았다. 시원한 바람이 피부에 감미롭게 스쳐 불쾌한 기분은 들지 않았다. 그러나 마음은 착잡한 심정이었다.

휴교령이 내리고 대학생들은 지금도 등교를 하지 못했다. 언론을 막고 있어서 서울에서는 무엇을 하는지 알 수가 없었다. 나는 집에서 음악을 듣고 책을 보고 생각에 잠겨 있었다.

전후 세대에 태어난 우리는 5.18 참상을 통해 6.25가 얼마나 큰 비극이었는가를 알 수 있었다. 나는 무엇을 해야 할까 무엇을 하며 살아야 할까 다시금 새로운 생각에 몰두하였다. 햇볕이 쏟아지는 정원에 의자를 내어 놓고 앉아 감상하고서 호스에서 나온 물줄기로 열기를 식혔다. 나무와 꽃에 충분한 물을 뿌려 준다. 아직 장미는 시들지 않았다.

쌍촌동에 이사 온 지는 얼마 되지 않았다. 광산구 옥동에 논밭이 많이 있는데 아이들 교육상 그 집을 팔고 돈을 더 보태어 좋은 집을 사 오게 되었다. 초등학교 친구, 선배, 후배들이 단합하기 위해 모이자고 했다.

시내버스가 시간에 맞추어 다니기 때문 점심시간이 지나고 버스를 타고 평동초등하교 앞에서 내렸다. 나의 모교는 새 건물로 다시 지어졌고 아담한 운동장에 정원이 잘 다듬어져 큰 곰밤나무 그늘은 여전히 시원한 놀이터였다.

인원이 약 이십 명이 모여서 수박밭이 가까워 걸어서 원두막으로 가기로 했다. 땡볕이 뜨거워 모자 등 파라솔을 쓰고 덥기는 하지만 광주사태를 진압하고 잡혀 간 사람들은 어떻게 고통을 받는지 사회가 돌아가는 것을 알기 위해 서로 정보를 교환하고 몸조심하자는 뜻에서 모였다.

넝쿨 사이로 잘 익은 수박이 얼굴을 내밀고 기다리고 있었다. 칼로 잘라서 원두막에 앉아 있는 사람 그 주위에 서 있는 사람들이 한 조각씩 나누어 먹었다. 여기서 걱정하는 것은 잠시 접어 두고 달콤한 빨간 속살을 배가 고파 먹고 또 먹었다.

"우리 미래는 어떻게 될까."

아무런 말 없이 침묵이 흘렀다.

"어떻게 되겠지. 부정적으로 진행되는데 긍정적인 생각을 하자."

모두 수군수군 알아듣지 못하게 낮은 목소리로 이야기를 한다. 습도가 없고 건조한 날씨라 간간이 불어오는 시원한 바람이 흘린 땀방울을 식혀 주어서 더위는 아직 견딜 만하다. 논밭의 가운데 길 옆 도랑은 논메 물을 대기 위해 저수지로부터 물을 흘러 빨래를 하는 아줌마도 종종 보인다.

모를 심어서 자라는 벼에 거름을 주는 아저씨가 분주하게 움직인다. 우리는 수박을 다 먹고 오랜 시간이 지난 뒤 빨래터에 앉아 시원한 물에 발을 담그고 물장난을 한다.

머리가 아플 정도로 복잡하여 스트레스가 쌓였는데 유년을 같이 보낸 초등학교 동문들끼리 활짝 웃으면서 놀이를 했다. 그리고 해 질 녘에 시내버스를 타고 집으로 돌아와 하루가 끝나자 책상 앞에서 책을 보고 있다.

열어 놓은 창문을 통해 여름밤 공기를 마음껏 들이마신다. 밤하늘에 별이 보인다. 미리내 은하수 수많은 행성의 무리들이 맑은 물처럼 흐른다. 밤이 늦도록 불이 꺼지지 않았다. 무력으로 5.18 광주 민주화를 억압한 지 삼 개월이 지난 뒤 전두환 씨는 장충 체육관에서 대의원들이 추대를 하여 만장일치로 대통령이 되었다.

뉴스 시간만 되면 첫 번째로 나온 단골 사람으로 변해 버렸다. 작열했던 더위가 주춤하고 시원한 하늬바람이 불어왔다. 2학기 학비 등록금을 낼 때가 되었다.

"개학을 하면 공부는 안 하고 데모한다는 것을 아는데 학업을 계속하라고 하지 않겠다. 학업을 중단해. 알겠느냐? 등록금은 포기해라."

"아버지, 안 돼요. 학교는 가야 해요. 나더러 어떻게 하란 말이에요. 취직도 할 수 없는데 졸업을 해야 되지 않아요."

"학교를 계속 다니다가 감옥에 갈 수도 있다. 전과가 있으면 너의 일생이 좋지 않다. 여기에서 멈추어라."

완강하게 말을 한지라 나로서는 어떻게 해야 할지 몰랐다. 더구나 남학생들만 있는 파에서 어울려 다니는 것을 못마땅하게 생각하는 부모님을 설득할 수가 없었다.

가을이 왔다고 창가에서 귀뚜라미가 슬피 운다. 나의 마음도 슬프다. 귀뚤귀뚤 너도 슬프니? 무엇 때문에 광주가 희생을 당하고 그 이유로 나는 학교도 가지 못해 애태워하고 괴로워해야 하는지 먼 하늘만 바라본다. 아침저녁으로 시원한 바람이 불고 점심때는 여전히 뜨거운 햇살이 대지에 쏟아져 열매가 익어 간다.

오 하느님 기도하게 하소서. 꽃 같은 젊은 나이에 희생된 친구들, 선배, 후배들을 위해 내가 해야 할 일은 무엇인지 깨닫고 스스로 맡아서 시작하게 하소서.

아름다운 모국어로 시어를 읊고 글을 빚어낼 수 있는 맑은 눈을 주고 또 세상을 아름답게 변화시킬 수 있는 힘을 주소서. 황금물결 출렁이는 들녘에다 바람을 놓고 남쪽 나라의 햇볕을 긴 해시계 위에 더욱 내리시어 쭉정이는 마르고 알곡만 익어 간다. 산들산들 부는 바람 시골길 옆에 피어 있는 코스모스가 하늘하늘 춤을 춘다. 리듬에 맞추어 화음이 아름답다.

오늘은 토요일 강의가 없는 날이라 친구들 만나기 위해 옥동에 왔다. 답답하고 우울한 기분이 탁 트인 넓은 평야를 바라보니 다소 나아진 것 같았다.

학교가 어떻게 돌아가는지 소식을 들으며 몇 시간 놀다가 버스를 타기 위해 삼거리 역에 나와 기다리고 있었다. 낯익은 어른들을 만나 부모님의 안부 이야기를 물었다.

집에 들어가니까 엄마 아버지가 말씀하셨다. 서울 고모 댁에 취직자리 알아보라고 전화 통화를 했다는 것이다. 어떻게 됐든 공장 즉 회사가 많이 있으니까 그래도 대학물을 먹었으니 회사 비서나 경리를 잘할 수 있으니 찾아서 연락해 달라고 고종 오빠들에게 부탁했다고 하셨다.

이 시대에는 산업화로 대학을 나오지 못하고 산업 전선에서 일하는 사람들이 많았다. 지하자원이 없는 나라이기 때문 또 대학 나오는 사람 수가 적어 머리가 좋은 인적 자원이라고 해서 무조건 취직이 잘 되었던 때이기도 했다.

마음의 갈피를 잡지 못하고 힘들고 어려운 이 시기를 이겨 내기 위하여 무등산에 오르기를 종종 하였다. 보온병에 따끈한 인스턴트커피를 달달하게 타 가지고 들고서 버스 종점에서 내려 걸어서 잘 다듬어진 길을 따라 산책을 즐겨 한다. 서울에 가면 언제 다시 올 줄 기약이 없어 안타까운 마음을 달래면서 맑은 공기를 들이마신다.

가을 하늘은 높고 파랗다. 새들이 지저귄다. 마음을 다잡아 심기일전하여 마음의 자세를 완전히 바꾸어 본다. 이제는 산속의 나무들이 채색이 된 이파리가 물이 들어가기 시작을 한다. 하루가 다르게 변하는 무등산

기슭의 전경들은 포근하고 정겹다. 녹색이 노오랗고 빨간색으로 물감이 번지듯 퍼져 간다. 이 아름다움을 가슴속 깊이 간직하고 싶다.

단풍이 절정에 이른다. 이파리가 갈색이 되어 떨어진 곳에 다람쥐가 먹이를 찾아 이리저리 헤매며 돌아다닌다. 너무 신기하고 귀여워서 한참 그 모습을 바라보고 있다. 그 옆에서 새들의 합창은 얼어붙었던 나의 마음을 녹여 준다.

성인이 되었으니 나의 인생은 나의 힘으로 개척해 보자. 누가 대신 살아 줄 것도 아니고 열심히 노력해서 내가 하고 싶은 일을 찾아서 젊은 청춘을 불태워 열정적으로 살아 보자.

아름다운 세상을 잠시 감상하고 나자 낙엽이 우수수 떨어진다. 나무 밑에 가랑잎 되어 쌓이고 또 쌓인다. 걸음이 되어 내년을 기약하면서 겨우내 눈비 맞고 자신이 썩는다. 이것이 자연의 섭리라는 것을 다시 깨닫는다.

바스락바스락 낙엽 밟는 소리를 들으며 마련되어 있는 벤치에 앉아 가을의 운치를 느끼며 커피 한 잔을 따라 향기 맡는다. 한 모금 마신 뜨거운 커피가 온몸에 퍼진다.

진한 감동을 뒤로한 채 낙엽을 밟으며 산을 내려온다. 도심에도 나뭇가지에서 떨어지지 않으려고 몸부림치는 잎새가 바람이 한바탕 세례를 퍼붓는다.

이렇게 마지막 이파리가 떨어지고 나면 올 한 해가 다해 가는구나 아쉬움 허전한 마음을 어떻게 할 수 없어 집에 돌아와 책상에 앉아 시작을 해 본다. 이럴 바에는 국문과를 갈 것인데 약간의 후회가 되었지만 죽을 각오로 노력하면 내가 하고 싶은 꿈을 이룰 수 있을 것이다. 다시 새로운 마음을 갖고 긍정적인 생각을 하게 되었다.

바람은 세차게 불어와 밤늦도록 잠을 이루지 못했는데 아침에 깨어 보니 흐니서리가 하얗게 쌓여 눈처럼 보였다. 이번 겨울이 마지막 광주에서 보내게 되었는데 살아남은 친구들과 슬프지만 의미 있게 추억을 간직하자고 자주 만남을 가졌다.

다정한 연인이 손에 손을 잡고 걸어가는 길. 길은 험하고 눈보라 거세도 손을 꼭 잡고 가야만 하는 가요가 울려 퍼진다. 충장로 금남로 길은 시내 중심지였다. 자선냄비에 불우이웃 돕기 행사를 하는데 그냥 지나칠 수 없어 조그만 성의를 보냈다. 언제나 이맘때면 들려오는 신나는 캐롤송이지만 슬프게 들린다.

반짝반짝 빛이 나는 작은 전구를 장식하여 만든 크리스마스트리가 백화점 한가운데에서 아이들의 동심으로 가득 찬 눈망울로 바라보는데 밝은 미래의 희망으로 다가온다.

상처받은 광주의 아픔을 무엇으로 대변해야 할까 무엇을 하며 명예회복을 위해 싸워야 하나 자꾸 물음으로 뒤범벅이 된다. 이제 무엇인가 새롭게 시작해야 하는데 한 해가 저문다. 은종 소리에 모든 갈등이 사라지고 그렇지만 팔십 년대 암울했던 시대 상황이 길게 드리우는 어두운 터널을 통과하기 위해 끊임없이 부단한 노력을 해야 한다는 것이었다.

꿈과 희망을 가슴에 품고 좋은 날이 우리에게 올 것이라는 긍정적인 생각으로 매사에 임하고 활기찬 생활을 했었다.

2. 밥벌이

어김없이 봄은 우리 곁에 찾아왔다. 예년처럼 꽃샘추위도 와서 꽃 피기 전 시새워서 한겨울같이 춥기도 했다. 예수님을 통해서 이루어진 구원의 말씀은 신앙을 가지고 기도하며 살아가는 우리에게 실현되고 있다. 하느님 사랑을 통해 주님을 박해했던 자신을 인정하며 굳건한 신앙으로 새롭게 태어난 마음으로 생활해야 한다.

인간의 지혜가 아니라 하느님께서 해 주신 일에 자신의 몸과 마음을 맡기고 살아가야 함을 강조하고 있다. 진정한 구원자는 우리 자신이 아닌 우리 삶에 주님의 영을 내리게 하는 예수님이시기 때문이다.

이때 두려움의 영이 아닌 하느님의 영을 통해 우리 마음은 정화 조명 일치의 단계를 거치게 된다. 그리고 하느님 영의 움직임인 사랑의 움직임을 선택하고 그 사랑 안에 충분히 머문다면 이것이 우리 마음에 의식화되어 주님과 함께 사랑의 움직임을 실천할 수 있게 된다. 이러한 마음의 움직임은 삶의 원동력이 되고 하느님과 함께하는 삶이 얼마나 기쁘고 의미 있는 일인지를 깨달아 더욱 보람 있는 삶으로 이끌어 줄 것이라고 생각한다.

성당 안에 앉아서 잠시 묵상하고 기도를 했다. 햇볕은 따뜻하지만 바람 끝은 아직 차가운 느낌이 든다. 봄비가 소리 없이 내린다. 대지를 적시더니 나뭇가지에 떡잎이 나오고 개나리가 노오랗게 일찍 피었다.

그리고 벚꽃이 꽃망울을 맺기 시작했다. 연분홍 찬란한 꽃 이파리가 꽃비처럼 낙화를 한다. 꽃 잎새가 떨어진 자리에 연두색 잎사귀가 돋아 나온다. 봄꽃들이 차례대로 순서를 지켜 피어나 너무 아름답다. 꽃을 찾아 날아드는 나비와 벌들이 꿀을 따기에 바쁘게 비행을 하고 움직이는 모습이 너울너울 춤을 춘다.

목련이 필 무렵 나는 고향을 떠나 서울로 가야 한다. 새로운 미지의 세계를 개척하기 위해 지금은 밥벌이를 해야 된다. 작년에는 여대생이었는데 학업에 대한 아쉬운 마음이 얼마나 컸는지 그런데 내가 좋아하는 꿈, 하고 싶은 일이 따로 있었다.

독재가 판을 치고 있지만 언제인가는 민주주의가 이루어지는 그날이 올 것이다는 희망을 믿고 내가 처해 있는 상황에서 최선을 다해 살아가자라고 생각했다. 고모 댁에서 취직이 되었다 하더니 이제 올라오라고 전화가 왔다. 고종 언니가 다닌 회사 경리로 자리가 비어서 사장님께 말했더니 일단 와서 면접을 보고 결정하자고 했다. 나는 광주에서 마지막으로 미사를 보고서 서울로 향했다.

우리는 무시당하고 싶지 않다. 적절한 권리야 당연히 주장해야겠지만 문제는 우리 스스로가 무시당한다고 느낄 때 매번 폭력의 고리로 마음을 옭아맨다는 것이다. 그 마음에는 평화가 없다고 본다. 그리스도인들은 평화의 일꾼이 되어야 한다. 그 평화는 스스로 체험하고 살기에 남들에게 전해 줄 평화이다.

자기 스스로 평화를 적극적으로 선택하고 그렇게 평화를 지켜 가면서 다른 이들도 함께 평화에 물들여 가는 이들이 평화의 일꾼이라고 생각한다. 하지만 우리도 많은 사람이 그렇든 나를 무시하는가 아닌가로 마음에 천불이 치솟고 말투가 변하고 그 사람에 대한 평화가 바뀌게 된다. 정작 우리 자신은 고의로 남을 무시하는 일이 별로 없음에도 불구하고 우리 자신이 당할 때는 남이 악한 마음을 품었다고 추정하고 나 스스로 먼저 상처를 받는다. 그런데 주님은 다르다. 남들의 태도에 흔들리지 않는다. 그분은 무시한 적이 없으시지만 무시했다고 오해받고 위험에 처하신다. 경탄에서 질시로 질시에서 분노로 옮아가는 사람들의 마음 가운데 무시당한 분은 오히려 그분이다.

그분은 기꺼이 무시당하는 편에서 살아가신 분이시고 그럼에도 불구하고 여전히 자기 갈 길을 가는 분이시다. 십자가에 못 박히실 때까지 그렇게 하신 뒤에 부활하셔서 너희에게 평화가 있기를 하시는 분이시다. 그러니 그분을 스승으로 모신 우리에게 무시하는 것도 남에게 무시당했다 하여 곧바로 분노하는 것도 둘 다 어울리지 않는다고 생각한다. 우리가 지켜야 할 사랑의 계명 안에서 우리는 무시하는 태도는 버리고 무시당했다고 스스로 내 안으로 말려 들어가 버리는 태도도 버려야 된다.

늘 부드럽고 맑고 맑은 표정과 따사로운 눈길로 하느님의 자비 자애를 그들에게 보여 주는 기회가 되기를 기도했다. 고속버스 안에서 창밖을 바라보며 오늘의 말씀을 되새겼다. 강남 고속버스 터미널에 도착하였다. 캐리어 가방을 끌고 고모 댁에 가기 위해 시내버스를 탔다.

저녁 무렵 고모집 문앞에서 초인종을 눌렀다.

"고모, 서연이 왔어요."

"서연아 왔니? 아가씨가 다 됐구나. 예쁘다. 어서 들어와."

"고모 잘 계셨어요? 오빠들도 언니도 잘 있었어?"

고모부는 돌아가셨고 오빠들 넷과 나보다 한 살 위인 딸 하나를 두셨다. 사우디를 가서 몇 년 일해서 모은 돈으로 곧바로 미국 뉴욕에 건너가 기반을 잡아 놓고 지금은 큰오빠가 서울에 나와서 동생들 넷과 고모를 모시고 미국 이민을 가려고 준비를 하는 중이었다. 지금 사는 빌라도 이민 가도 된다는 비자와 여권이 나오면 팔려고 부동산에 내놓은 상태라 그동안 임시로 고모 댁에 신세를 지기로 했다.

고모의 큰아들 정석환이 오빠는 내가 어렸을 적 본 기억은 나지 않고 처음 얼굴은 보는데도 친근한 느낌이 들었다. 저녁밥을 먹을 시간이라 상을 차려 둘러앉아 이런저런 이야기를 그동안 있었던 일들을 말하면서 여러 가지 맛있는 음식을 먹었다. 고모는 장성한 아들딸들이 결혼을 하지 않아 걱정이 컸는데 미국에 이민 가서 재미교포 영주권을 가지고 있는 사람을 사겨서 결혼한다는 계획을 세우고 있었다.

전문 기술을 가지고 있어 오빠들은 어디 가서든지 잘 살 수 있을 것이라고 긍정적으로 생각하고 축하해 주면서 하고자 하는 일들이 잘되길 바랄 뿐이었다. 나는 고종 언니와 같은 방에서 뒤척거리다가 밤늦게 잠을 이루었다. 다음 날 언니 출근시간에 따라서 회사에 가 보았다. 공장이 많은 서울 공단 지역에 집부터 걸어서 25분 거리였다. 회사는 약 500평가량 4층짜리 건물 옆에 2층 사무실이 붙어 있는데 1층은 경비실이 갖추어진 중소기업이었다.

언니와 같이 검은 색깔의 대문 옆에 작은 문을 열고 걸어서 사무실에 올라갔다. 시간이 되자 사장님이 출근을 했다.

"안녕하세요, 사장님. 제가 말씀드린 외사촌 동생입니다."

"안녕하십니까, 사장님. 김서연이라고 합니다."

"오, 그래요. 참한 아가씨군요. 좋아요."

언니가 모닝커피를 타가지고 응접세트 탁자에 세 잔을 내왔다. 김이 모락모락 피어난 커피 한 모금 마시고 말을 했다.

"미스 정은 8월 말에 이민을 간다고, 그 자리에 동생을 추천한다고 해서 긍정적으로 생각을 했어요. 대학을 다니다가 중단했다 하니 사무는 잘 볼 수 있을 거라 해서. 사무실 일은 어려운 게 없어요. 장부정리, 사원들 월급 정리, 손님이 오면 차 대접 그 정도만 하면 비서로서 쓸만하지."

"예, 언니에게 잘 배우겠습니다. 써 주신다면 잘해 보겠습니다."

"미스 정, 한 달만 더 나오니까 잘 가르쳐 주고 인수인계해요."

"예, 알겠습니다."

커피를 다 마시고 사장님은 사장실로 들어가고 언니와 둘이서 향기를 음미하면서 천천히 마셨다. 그리고 이력서를 내고 연옥 언니 퇴근시간을 기다리지 않고서 오늘은 처음이라 먼저 회사를 나왔다. 걸어서 발 닿는 곳이 집 근처에 쉴 수 있는 좋은 공간에 아담한 카페가 지어져 있는 성당에 와 있었다.

화려하고 예쁜 꽃들이 피어 있는 길고 넓은 화분이 간격을 맞추어 줄지어 있고 성모상 앞에 벤치에 앉아 기도하는 모습이 너무 인상적이었다. 마음이 포근하고 좋은 느낌이 나를 반겨 주었다. 조금 있으니까 점심시간이 되었다.

카페에서 토마토, 야채를 넣고 만든 햄버거와 아메리카노 한 잔을 주문하고 차례가 왔다는 신호에 쟁반을 가지고 와 한쪽에 마련되어 있는 의자에 앉았다. 동그랗게 햇볕이 들어오지 않는 그늘이 만들어진 탁자로 다시 가서 쟁반을 놓고 앉아 커피 한 모금을 먼저 마셨다. 혼자 먹는 밥이 왜 이렇게 쓸쓸한지 모르겠다. 느껴 보지 못한 짙은 외로움이 몰려와 잘 넘어가지 않는 햄버거를 꾸역꾸역 입에 넣고서 커피를 마시고 또 마셨다.

먼저 간 친구들, 선배, 후배들의 죽음을 보고서 그들을 대신해서 이 험한 세상을 굳세게 살아가야 할 이유가 나에게는 있었다. 그래, 먹고 힘내서 살아가자. 외로워도 슬퍼도 그런 감정에 젖어 있을 시간적 여유가 없었다.

나는 성당에서 휴식을 취하고 집으로 돌아와 내일을 위해서 쉬었다. 언니는 한국 생활을 정리하기 위해 5월 말까지 나오기로 했다. 그동안 사무 보는 일을 습득하여 무난하게 회사의 일원이 되어 회사 발전을 하는 데 한몫 일을 해냈다.

내가 근무하는 동원공업주식회사는 대기업 협력업체로 사원 150명인 중소기업이다. 회사에서는 텔레비전 컴퓨터, 냉장고, 세탁기, 핸드폰 배터리 등 가전제품이 들어가는 부속품을 금형으로 제작하여 만드는 일을 하는 곳이다.

사장님은 이북에서 태어나 6.25 때 부모님을 따라 남한으로 내려와 살면서 자수성가하여 회사를 세운 사람이다. 서울에서 자라 북한 말씨를 쓰지 않고 표준어를 사용하고 있어 북한 사람이라고 생각이 들지 않아서 친근하게 대하고 있다.

초여름의 시원한 바람이 열어 놓은 창문으로 불어와 사무실에 앉아서 걸려 온 전화를 받기에 여념이 없는 마음속이 시원하였다. 사무실은 거래처 영업과 사람들이 왔다 갔다 하는 열려 있는 공간이었다. 누군가 문을 열고 들어온다. 사장님 아들 하영길 씨였다. 미스 김이라고 이곳에서는 나를 가리키는 말로 통한다.

"미스 김, 점심때가 되었는데 구내식당으로 밥 먹으러 갑시다."

"그럴까요? 사무실 문은 잠가 놓고요."

지하 1층 구내식당에 같이 점심 먹으러 갈 만큼 자주 얼굴을 보는 사장님 아들은 회사를 물려받을 후계자로 키우기 위해 밑에서부터 일을 배우고 있는 중이었다. 직원들은 각자 분야에서 기술이 좋은 사람들이 모여서 열심히 생산현장에서 일하는 산업 일꾼들이었다. 줄을 서서 차례대로 식판에다 반찬과 밥, 국을 자기가 먹을 만큼 담아서 식탁에 가서 앉았다.

장민호 영업 부장도 식판을 들고 하영길 씨 옆에 앉아 같이 밥을 먹게 되었다. 점심을 맛있게 먹은 후 사무실에 와서 후식으로 인스턴트커피를 타서 마시고 회사 돌아가는 것을 대화를 하게 돼서 피부로 느낄 수 있고 알 수 있었다.

나는 이렇게 회사의 일원으로 필요로 하는 사람이 되어 회사 발전을 위해 없어서는 안 될 중요한 역할을 하게 되었다. 기온은 올라가서 그렇지만 습도가 없고 건조한 날씨라 덥다고 하는 불쾌지수가 높지 않아 에어컨을 틀지 않았다.

청소는 따로 하는 아줌마가 있어 그런 것들은 신경 쓰지 않아도 사장님을 돕는 일만 똑 부러지게 하면 되었다. 오늘 점심은 혼자서 먹으려고 하는데 내 앞의 탁자에 영길 씨가 식판을 들고 앉았다. 또 그 옆에 처음 보는 남자가 앉았다. 말없이 밥을 먹는데 느낌이 좋은 감정으로 내 눈에 들어왔다.

밥을 다 먹고 영길 씨와 영길 씨 친구가 사무실에 따라왔다. 커피를 마시자면서 커피를 석 잔을 타서 응접세트 탁자에 내왔다. 커피잔을 앞에 놓고 한 모금씩 마시자 말을 했다.

"이 사람은 학교 때 친구 김대원이고, 미스 김은 김서연 비서."

"국세청에 다니는 김대원이에요. 국세청이 가까워서 가끔 친구도 보고 밥도 같이 먹자고 자주 와요."

"그래요, 자주 뵙겠습니다. 편하게 들러서 커피 마셔요."

"미스 김을 자주 봐도 괜찮은데, 귀찮게 하지 마. 대원아."

"영길아, 나를 어떻게 보고 그러니? 여성은 직장의 꽃이라고 얼마나 보기 좋은데. 일하는데 지루하지 않고."

점심시간이 끝날 무렵 친구는 국세청으로 돌아가고 영길 씨도 생산 현장으로 일하기 위해 올라갔다. 덥지 않은 여름 밤공기는 맑고 상쾌한 기분이 들어 호흡하는 데 자유를 만끽할 수 있어 너무 좋았다. 더구나 달이 떠서 달빛 창가에서 세레나데를 부르는 듯 영혼의 울림을 감상하는 밤 별은 도시에서는 보이지 않는다.

휘영청 밝은 모습이 집 정원의 풍경 속에서 정겨움을 기억하고 있어 외로움이 밀려왔다. 그러나 나는 꿋꿋이 굳세게 살아가야 한다. 어떤 고난이 닥쳐와도 먼저 세상을 떠난 젊은 사람들의 몫까지 이겨 내야 한다. 쉬는 날이 되었다. 언니가 김밥 재료를 사가지고 와 김밥을 싸고 있다. 석호 주복이 주훈이 오빠는 아직 회사에 다니고 있다.

시간이 되는 정석환, 정연옥 언니, 고모, 그리고 나 공원으로 소풍 가자고 분주하게 움직이고 있다. 예쁜 도시락과 돗자리를 들고 가까운 거리에 있는 공원까지 산책 코스가 좋아 걸었다. 나무 그늘 밑, 바람이 시원하게 부는 곳에 자리하여 돗자리를 깔았다.

할아버지, 할머니, 형제들 이야기를 하며 돗자리에 앉아 힘들었던 지난 날이 추억으로 남는다는 말을 했었다. 싸 가지고 온 김밥, 치킨, 과일, 음료수 등을 펴 놓고 시장기가 돌아 먹기 시작했다.

"사는 것이 힘들어서 미국에서는 이 정도 고생하면 잘 살 수 있단다."

"오빠, 그래요?"

"한국에서는 고생을 많이 해도 한계가 있어요. 계속 경제 성장은 하지만 선진국으로 간다는 말이 피부에 와닿지 않아요."

"고모는 말이 통하지 않아 걱정이에요."

"나는 자식들 밥이라도 해 주어야 맘 놓고 일을 하지."

산업화가 진행이 되어 눈부신 경제 성장을 했지만 여전히 지하자원이 없는 우리나라는 힘든 사람이 많았다. 주위에서는 시민들이 나와서 연못 가를 돌면서 걷는 운동을 하였다. 보온병에 타 가지고 온 커피를 종이컵에 따라서 마신다. 연못 속에 금붕어, 잉어 등 물고기들이 맑은 물속에서 헤엄친다. 비둘기 떼가 몰려다니며 먹이를 쪼아 먹는다.

한가로운 일상에서 이렇게 생활하는 모습을 지켜볼 수 있는 것은 서울 사람들의 한 단면이었다. 바쁘게 산업 전선에서 많은 일을 하다가 쉴 수 있는 주말에 여가를 즐기는 방법을 터득하며 열심히 살아간다. 비자와 여권이 나와 8월 말이면 뉴욕으로 떠날 수 있게 되었다. 작열했던 여름이 가려고 하는데 매미가 짝을 만나기 위해 매앰매앰 소리 내어 울어댄다.

떠나기 일주일 전 8월의 마지막 토요일 한국에서 마지막으로 고종사촌들과 고모를 모시고 임진강 옆 작은 한탄강으로 소풍 가서 물고기를 낚시해서 매운탕을 끓여 먹자고 하였다. 오빠들이 즐겼던 낚시 도구와 배낭을 승용차 두 대에 싣고 그리고 먹을 것 등을 준비해서 출발하였다. 강 옆에

산이 있고 나무가 있어 그늘진 곳에 자리를 잡고 앉았다. 낚싯대 맨 끝에 밥을 달아서 물속에 던져 놓고 기다렸다. 좀 지나자 낚싯밥을 고기가 물어 흔들리자 낚아 올렸다.

"잡았다! 월척이다!" 낚싯줄을 감아서 잡고 물고기를 빼냈다.

오빠들이 크고 작은 물고기를 잡아 올려서 제법 많이 잡았다. 언니가 잡은 물고기를 오빠가 손질해 주자 양념을 해서 고추장에 조물조물 묻혀 버너를 야외용 가스불 위에 올려놓았다.

시간이 되자 고슬고슬한 밥과 매운탕이 다 되었다.

일곱 명이 둘러앉아 배가 고프기도 해서 맛있게 먹었다.

"한국에서의 이 맛은 잊을 수 없을 거야. 맛있다."

"우리나라 된장, 고추장, 김치는 미국에서도 먹을 수 있지요. 이민 간 사람들이 많이 있으니까. 뉴욕은 사계절이 있어 우리나라와 기온이 비슷해서 살기가 좋아요."

"김치는 세계적인 음식으로 알아줘요. 건강식품이라고."

밥을 먹은 후 발을 담그고 물장난하다 물속에 담가 둔 수박을 칼로 쪼개서 한 조각씩 먹었다. 달콤한 속살이 목구멍으로 잘도 넘어갔다. 고모는 장성한 아들딸들의 노는 모습을 보고 많이 웃었다. 나는 고모네 식구들이 미국에서도 웃으면서 잘 살기를 빌었다.

실컷 놀았다는 생각이 들자 모두 낚시 도구, 배낭 등을 챙기고 노는 장소를 청소한 뒤 왔던 길을 다시 돌아왔다. 이제는 집 안 짐을 정리한다. 떠날 때 가지고 갈 필요한 물건 등 옷가지를 이민가방에 차곡차곡 챙겨 넣었다.

그 모습을 지켜보는 나는 서운한 마음을 못내 감추며 밝은 표정을 지으며 애를 쓰려고 노력하였다. 드디어 떠나기 전날 아버지 형제는 2남 1녀인데 누님을 보려고 아버지와 작은 아버지가 올라오셨다. 하룻밤을 자고 공항에 배웅하기 위해서 모두 택시를 타고 도착하자 시간이 좀 남아서 서로 얼굴을 보며 덕담을 하였다.

"뉴욕에 가서 잘 살아요. 돈을 많이 버는 사람이 먼저 찾아가고, 또 찾아오고. 아니다. 보고 싶으면 전화하고. 좀 생활이 나아지면 보도록 하자."

"그래요, 외삼촌들. 열심히 살아서 성공할게요. 자립해서 당당하게 자부심과 긍지를 가지고 생활할게요."

이별의 시간이 가는 줄도 몰랐는데 안내 방송이 나왔다.

"고모, 오빠들, 언니, 잘 들어가요."

"건강하게 또 보자."

서로 건강하게 잘 살자고 또 만나자고 손을 흔들며 헤어졌다. 그리고 아버지, 작은 아버지가 고속터미널에 곧바로 간다고 해서 전철을 타고 배웅하러 갔다. 표를 끊어 놓고 시간이 되자 고속버스에 오르기 전에 말을 하셨다.

"근무 잘 하고 열심히 살아라. 젊음이 밑천이 아니냐."

"그래. 작은아버지도 형님과 똑같은 심정이다. 험한 세상이니 정신 바짝 차리고 살아라."

"예, 걱정 마세요."

광주행 고속버스가 떠나고 이젠 나 혼자 남았다.

혼자서 한 칸짜리 나의 방, 나의 집을 향해 전철에서 내려 걸어서 추적추적 마음속에 비가 오는 것 같은 느낌으로 들어왔다. 혼자 살아가야 하는데 적응하면 괜찮아지겠지 하며 지내는데 내 눈 속에 자주 나타나는 사람이 있었다.

사장님 아들은 곧 유학을 간다고 하는데 그의 친구가 식당으로 점심시간에 밥 먹으러 자주 왔었다. 초가을이 되었는데 아침이나 저녁은 시원한데 낮에는 더운 햇볕이 쨍쨍 내리비추는 날이 이어진다. 아직 늦더위 열매가 익어 가는 온도를 제공하는 것이 고향에서 본 자연의 혜택이었다.

산들산들 부는 바람에 실려온 과수원의 과일 익어 가는 단맛의 냄새가 도심 속에 파고들어 식욕을 자극한다. 퇴근을 하고 시장을 보고 한 바퀴 돌아서 집으로 들어갔다. 눈물 흘린 빵을 먹어 보지 않는 사람하고는 인생을 논하지 말라.

외로워서 혼자 밥을 해서 먹는 나는 마음속으로 울면서 밥을 먹는다. 목이 메어 물을 마시고 또 삼킨다. 그리고 밤이 이슥하도록 책을 보고 있다. 또다시 내일은 찬란한 태양이 떠오르니 희망을 품고 밝은 미래를 위해 잠을 청해야겠다. 간혹 숨소리가 들릴 뿐 고요한 적막이 흐른다.

3. 열애

　몇 년이 훌쩍 지나갔다. 봄눈이 얼어붙었던 얼음이 녹는 해빙기가 되어 물 흐르는 소리가 계곡으로 흐른다. 운동 삼아 산을 오르고 오고 가는 인정 속에 서울 시민의 일원으로 숨 쉬며 긴 호흡을 폐부로부터 자연스럽게 하고 있다. 나는 독립하여 몇 년 동안 회사에 다니면서 돈을 모아 간단하게 살 수 있는 오피스텔을 얻어 형편이 나아졌다. 주거환경이 좋아져서 생활을 즐겁게 할 수 있었다.

　아침에 제과점에서 사다 놓은 빵과 달달한 믹스커피를 타서 먹고 출근을 하기 위해 화장을 한다. 단장을 곱게 하고서 긴 핸드백과 그에 맞추어 옷을 입고 거울 앞에서 나의 모습을 비추어 본다. 세련된 멋을 부릴 수 있는 자유가 있어서 아가씨라고 부르는 말이 어색하지 않고 나에게 어울리는 단어이다.

　언제나 걸어서 출근하는데 오늘도 회사에 도착하여 사무실 창문을 열고 환기를 시키자 봄이 우리 곁에 왔구나. 점심시간에 밥을 먹고 현장에서 일하는 내 또래 김윤경이 김정수, 양숙영이가 커피를 마시려고 사무실에 왔다. 사회에서 만난 친구들과 수다를 떨면서 스트레스를 푼다.

남자친구 사귄다는 화젯거리에 나도 생겼으면 하는 마음이다. 퇴근시간이 될 무렵 자주 얼굴을 본 김대원 씨와 친하게 지내는데 회사에 왔다.

"우리 얼굴 보고 산 지 5년, 이제 보지 않고는 힘들 정도가 되었는데 사귑시다."

"결혼을 목적으로 사귀려면 오케이고, 그냥 친구로 지내려면 노예요."

"좋아요. 처음부터 느낌이 좋았는데, 결혼을 전제로 사귑시다."

"이 세상에서 가장 좋아해요."

회사 정리를 하고 손을 잡고 커피숍이 있는 데로 걸어갔다. 들어가서 자리에 앉아 원두커피를 어떤 식이 좋은지 메뉴판을 보고 시켰다.

"아메리카노 두 잔이요. 약간 시럽을 넣어서요. 쓴맛이 나지 않게."

"개운해요. 인스턴트커피 먹다 이 맛에 길들여지면 다른 커피는 마시기 싫어져요."

커피를 마신 뒤 시장기가 들어 돈가스를 먹자고 나왔다. 맛있는 밥을 먹자 커피가 따라나와 또 마셨다. 집 앞까지 데려다주었는데 집에 들어가자는 말은 하지 않았다.

화창한 토요일 아침, 나는 김밥, 유부초밥을 싸기 위해 바빠 있었다. 공원에 꽃이 피었는데 꽃 보러 꽃놀이 가자고 준비하고 있다. 도시락과 과일에 커피를 타서 따근한 마오병, 물, 돗자리 등을 같이 나누어 들고 꽃향기가 그윽한 공원을 걸었다. 나무 그늘 아래 돗자리를 깔고 들고 온 것들을 나란히 놓아두었다. 앉아서 보고 있는데 공원에 휴식을 취하기 위해 주말이라 사람들이 많았다.

"우리가 만난 지는 오래되었는데, 이렇게 마주 보고 사귀게 되기까지 좀 시간이 걸렸죠."

"이런 날이 우리에게 오고, 기분 좋은 봄날이네요."

점심시간이 되어 도시락 풀어 나무젓가락을 까서 건네주었다. 김밥 하나를 집어 먹여 주고 서로 웃으면서 좋은 시간을 보냈다.

"맛있어요. 솜씨가 좋아 보여요."

"우리 앞으로 어떻게 살아요? 미래를 계획해 보고 머릿속에 그려 보는데 시간 가는 줄 몰라요."

"그렇게 좋아요? 행복하고 재미있게 살아갑시다."

밥을 먹고 커피를 마신 뒤 둘이서 손을 잡고서 연못 주위 길을 달콤한 느낌으로 걸었다. 몇 바퀴 돌고 여러 가지 도란도란 이야기, 거리에 시간 가는 줄 몰랐다. 저녁 무렵 집으로 돌아와서 자기도 혼자 살지만 가 보겠다고 인사를 한 뒤 돌아갔다.

나는 침대에 누워 피곤했던지 잠이 들어 버렸다. 초저녁부터 긴 밤 행복한 꿈을 꾸며 곤하게 한 번도 깨지 않고 그렇게 잤었다. 싱그러운 초록 풀잎이 이슬을 머금어 찬란한 오색 무지갯빛 수를 놓은 아름다운 산에 오르고 싶었다.

떡잎이 자라 푸른 산 푸른 하늘이 언뜻언뜻 보이는 계절 산새들이 지저귀며 짝을 찾는 모습이 우리를 축복해 주는 것 같았다. 무리를 지어 등산하는 사람들 속에 손을 꼭 잡고 산에 올랐다. 정산에 오르자 평평한 바위 위에 앉을 수 있는 공간이 있었다. 숨이 가빠 쉬고 나서 스트레스를 풀기 위해 소리를 질렀다.

"야호~ 야호~ 야호"

"야호~ 산아, 우리가 왔다. 기다렸지?"

"야호~ 산이 푸르게 옷을 입었다!"

답답했던 마음속이 확 트였다. 시원한 바람이 분다. 가방에 싸 온 과일과 커피를 마시고 오후 내 산에서 즐거운 시간을 보냈다. 메아리 소리를 뒤로하고 산을 내려왔다. 산을 오를 때보다 내려올 때가 힘이 덜 들고 쉬워 기분 좋은 산행을 하고 도심 속으로 돌아왔다. 배가 고파 가장 서민적인 음식 머릿고기와 순대국밥에 막걸리를 먹자고 음식점에 들어갔다.

취하지는 않았지만 속이 든든하게 배를 채울 수 있었다. 저렴한 가격으로 만족하게 한 끼를 먹고 나왔다.

손을 잡고 집 앞까지 걸어왔다.

"오늘 너무 좋은 데이트였다. 피곤하니까 들어가."

"응. 헤어져. 가는 것 보고."

서로 바라보다 와락 껴안아 입술을 맞추었다. 한참 둘이서 뜨거운 포옹을 하고 떨어졌다.

"사랑해. 열렬히 사랑한다."

"나도, 대원 씨밖에 없어요. 사랑해요."

그리고 나는 집 안으로 손을 흔들며 들어가자 빠이빠이 하며 대원 씨는 원룸으로 돌아갔다. 우리는 이렇게 애틋한 사랑으로 서로를 위하며 가까워졌다. 봄 햇살이 눈부시게 쏟아진다. 이렇게 행복해도 되는가 할 정도로 대원 씨는 나에게 잘했다. 이 행복이 영원하기를 바랐다.

무엇을 하든지 내가 우선이었고 나의 마음을 헤아려 주었다. 공통점은 서울에 부모 형제가 살지 않고 객지라는 점이다. 대원 씨는 시골에 어머니 한 분이 홀로 사신다는 말을 들은 적이 있었다. 아직은 사귀는 단계라 우리만을 생각했다.

이번에는 바다가 보이는 인천 소래포구 어시장에 가기로 해서 회에 술 한잔 마시려면 승용차는 타지 않고 전철을 타기로 했다. 오랜만에 전철을 타고 차창 밖을 바라보았다. 도심을 가로질러 차편이 좋아 갈아타기도 편해 소래포구에서 내렸다. 조금 걸어서 어시장으로 들어갔다.

광어와 대하 1킬로를 대원 씨가 사고 위층 요리를 해 주는 음식점이 있어서 올라가 기다렸더니 상이 차려졌다. 소금구이 대하가 익을 동안 상추에 광어회를 싸서 서로 먹여 주었다.

"쫀득쫀득 식감이 살아 너무 맛있다."

"이런 회 먹을 기회가 없었는데. 대원 씨 좋아하는 사람과 마주 보고 먹으니까 너무 맛있어요."

"한 잔 따른다. 자, 받아."

"주세요. 나도 따르게. 건배해요."

"좋아. 우리 앞길에 행운이 따르길. 자 원샷."

"호호호, 너무 좋아요."

"하하하, 기분이 좋다. 재미가 있다."

두 시간 걸려 인천에 와서 맛있는 것 먹고 둘러보는 데 네 시간 걸렸고 집에서 열 시에 출발해서 돌아오니 여섯 시가 되었다. 칼국수까지 먹어 저녁은 별생각 없어서 동네 커피숍에 앉아서 대화를 하고 있다. 오늘 하루도 인생에 있어서 최고의 행복한 나날을 보내고 있는 젊은 날의 한때였다. 회사에서 열심히 일하다가 주말이 되면 열렬히 만나 연애가 이렇게 달콤한 사랑이라는 것을 알아가는 단계이다. 우리 시대 사람들은 이때가 결혼 정년기 스물여섯이면 딱 좋은 나이라고 생각했었다.

아직 봄이지만 뜨거운 햇빛에 시원한 바람이 피부에 닿아 촉감이 부드럽고 느낌이 좋은 날 우리는 서울랜드에 구경 갔다. 승용차를 타고 과천 서울랜드 앞 주차장에 세워 놓고 내려서 표를 끊고 들어갔는데 놀이 기구 타는 곳에는 아이들이 엄마 아빠 손을 잡고 타기 위해 기다리고 있었다. 우리는 숲이 우거진 식물원 동물원을 먼저 보기로 했다. 나무가 우거진 울창한 곳에 길을 따라 산책을 했다. 그리고 동물원 안에 원숭이, 사자, 호랑이, 기린 등등 동물의 신기한 모습을 보는 데 시간 가는 줄 몰랐다.

"대원 씨, 저기 좀 봐. 기린이 새끼 낳은 지 얼마 되지 않았나 봐."

"새끼가 엄마만 따라다닌다."

"원숭이는 모성애가 강해. 자기 새끼를 안고만 있어."

"맹수들은 사나운데 어떻게 길들였는지 순하게 있다."

점심은 햄버거, 원두커피를 먹고 아이스크림도 후식으로 사르르 녹는 달달한 맛을 즐기면서 하루 종일 돌아다녔다. 하늘은 구름이 두둥실 떠다니며 푸르름은 더욱 짙은 녹색으로 단장을 하고 손님들을 맞이하고 배웅하는 서울랜드에 아름답게 새긴 우리의 추억을 가슴속 깊이 간직하고 돌아왔다. 창문을 열고 청소기로 먼지를 빨아들게 이리저리 구석구석 청소를 하고 있다.

물걸레로 화장대 위를 닦으면서 거울에 비치는 나의 얼굴을 바라본다. 나는 나 자신을 사랑하는 것을 먼저라고 생각한다. 나를 사랑하지 못한 사람이 어찌 남을 사랑할 수 있겠는가 나 없이는 사랑할 수 없고 결코 행복할 수도 없다. 그래서 나는 아름답게 내면의 미를 가꾸어 가는 법을 배운다. 인생은 짧고, 예술은 길다. 짧은 인생을 길고 오래 산다는 느낌으로 만족감으로 살 수 있는 예술을 언제인가는 시작하자.

"대원 씨, 우리 회사 거래처에서 음악회 티켓 두 장을 선물받았는데 같이 가요."

"그래, 어디에서 하는데?"

"세종문화회관에서요."

"좋아. 나도 음악을 좋아하는 사람이야. 오케이"

"퇴근시간 맞추어서 회사로 와요. 주차가 불편해요. 전철을 타요."

점심시간 밥을 같이 먹으면서 스케줄을 짜서 잡았다. 회사가 끝난 뒤 공단에서 전철을 타고 1호선 경복궁에서 내려 세종문화회관까지 걸어가기로 했다. 경복궁 뒤 북한산 기슭에서 청와대가 자리 잡고 있는데 그 아래 사복 입은 형사들, 경찰들이 삼엄한 분위기 속에 보초를 서서 오고 가는 사람들을 지켜보고 있어 근처에는 가지 못했다.

세종문화회관 입구에 긴 줄이 서 있었다. 가수 선배, 후배들이 마련한 음악회를 감상할 수 있는 무대에 직접 가수들의 실물을 볼 수 있는 자리가 되었다. 옛날부터 유행했던 가요부터 현재 대중에게 인기가 많은 발라드까지 차례대로 선을 보여 재미있었다.

나란히 자리를 옆에 하고 손을 잡고서 90분 동안 좋은 악단에 맞추어 노래하는 모습을 모두 경청하고 우레와 같은 박수를 보냈다. 진한 감동을 받았다.

"너무 좋은 시간 같이 해서 고맙다."

"너무 멋있었다. 마음에서 느끼는 스트레스를 확 날려 보냈다."

세종문화회관에 사람이 밀려 천천히 나와서 초밥을 저녁으로 먹고 집에 돌아와 밤새 꿈을 꾸는 듯 한두 번 깼지만 깊은 잠을 포근히 이룰 수 있었다. 며칠이 지나고 대원 씨가 사무실에 근무하고 있는데 전화가 왔다.

"여보세요, 회사 사무실입니다."

"서연 씨, 나여요. 대원이."

"예, 대원 씨. 오늘은 점심시간에 오지 않고 전화했어요."

"음악회를 갔으니까 이번에는 극장에 영화 보러 가자."

"그래요. 언제 보러 가요."

"주말에. 오늘은 금요일이고, 내일 만나."

"좋아요. 오케이. 거기서 봐요."

시간은 금방 흘러가서 퇴근하고 하룻밤 지나 토요일 잠을 푹 잔 뒤 아침 늦게 일어나 머리를 감고 단장을 했다. 옷을 꺼내어 어떤 색이 어울린지 입어 보다 근무할 때는 정장을 선호한데 발랄하게 쫙 찢어진 청바지에 밝은색 티를 입었다. 약속 장소에서 만나 손을 잡고 버스에 올라 영등포역에서 내렸다. 백화점 안 극장으로 곧바로 갔다.

표를 사고 시간이 좀 남아서 팝콘과 커피를 극장 안에서 먹기 위해 샀다 차례를 기다려 시간이 되자 안으로 들어가 앉았다. 영화를 보면서 먹기도 하고 어깨에 기대서 뽀뽀도 하는 것을 보고 다른 연인처럼 애정표현을 과감하게 했다. 두 시간 내내 좋은 느낌으로 가슴 설레게 짜릿한 쾌감을 맛보았다. 영화 관람을 하고 나와서 호프집에 들어갔다.

치킨과 맥주를 시켜 놓고 계속 영화 이야기를 하고 있었다. 좀 지나서 맥주 500cc 두 잔과 안주가 나와서 잔을 부딪히고 마셨다.

"자, 마음껏 마시자."

"나는 술에 약한데. 도수가 적은 맥주에도 빨리 취한다."

"우리 만날 때엔 술을 많이 마시진 않았지? 취해 보자."

술을 잘 마시지 못하는 나는 주는 대로 많이 마셔 기분이 좋아져 이런 것이 젊음의 낭만을 즐기는 자유 특권을 누리는 것으로 착각했다. 나는 어떻게 집에 왔는지도 모르게 침대에 누워 잠을 잤다.

날씨는 더워지고 여름휴가가 다가오고 있었다. 회사가 일이 많아 절반
은 7월 하순 절반은 8월 초순으로 나누어서 휴가를 다녀와야 회사를 비우
지 않고 돌아가야 한다는 지시를 사장님께서 임원회의 시간에 내리셨다.

"미스 김, 내가 먼저 휴가를 갔다 오면 다음에 갔다 와요."

"예, 그렇게 하겠습니다."

"기간 내 납품을 할 수 있는지 체크를 잘 해 착오 없이 해요."

"알겠습니다. 사장님."

퇴근을 해서 간단한 저녁을 먹고 커피숍에 앉아서 휴가 계획을 세우면
서 커피를 한 모금씩 마시고 있었다.

"우리 동해안 물이 깨끗한 해수욕장으로 휴가 가자."

"차를 가지고 갔으면 편하겠어요."

"그래, 숙식은 민박하고 주변에 식당이 있을 거야. 사람이 많이 다녀간
곳이니까 텐트 치면 뜨거운 햇볕은 가릴 수 있고."

"휴가가 일주일인데 며칠을 갔다 올까요?"

"4박 5일이 좋겠어. 갔다 와서 이틀 쉬었다 출근하면 되지."

"재미있을 것 같아요. 좋아요."

밤늦게까지 이야기를 하다 집으로 들어갔다.

날마다 보는 얼굴인데 정이 들대로 들어 떨어질 수 없는 사이가 되었다.
그래서 휴가를 같이 보내기로 계획을 세웠다. 사장님 아들 하영길 씨가
유학을 마치고 곧 돌아오는데 나는 그런 사람을 마음에 두기에 부담이 되
는 버거운 상대라 생각하고 친구 대원 씨에게 사랑에 빠져 있었다.

사랑하는 사람과 같이 밥 먹고 같이 잠들고 아침에는 같이 눈을 뜨고 같
은 공간을 쓰고 싶은 마음이 간절했었다. 장마가 끝나고 뜨거운 햇볕과

찜통더위로 밤에까지 지속이 되어 잠을 이룰 수 없을 정도로 열대야가 나타났다. 가장 덥다고 하는 초복, 중복이 지났다

여름 막바지 해수욕을 즐기기 위해서 사람들이 붐비는 곳에 대원 씨와 단둘이 오붓한 시간을 보내려고 여행을 왔다. 민박집을 먼저 정해 놓고 길가에 차를 세워 놓고 필요한 물건을 꺼내서 등에 메고 고운 모래가 깔려져 있는 해변가에 왔다.

"텐트를 치자. 못을 박지 않아도 되고 맞추기만 잘하면 쳐지는 것이라 쉬워. 자, 잡아."

"사람들이 많이 왔다 간 곳인데 바닷물이 차가워지기 때문 생각보다 지금은 한산하다 그렇지."

"그래, 우리만 즐기다 가면 되지. 신경 쓰지 마."

모래사장의 뜨거운 햇볕이 쏟아져 후끈후끈 달아올랐다. 모래로 놀이를 하다 구덩이를 손으로 깊숙이 파냈다. 그 속에 몸을 감추고 모래찜질을 둘이서 같이 했다. 수영복 옷차림이 모래가 가득했지만 재미있었다. 오랫동안 모래 속에 있다가 나와서 바닷물 속에 빠졌다.

"야 시원하다. 신난다."

사람들이 물속에서 놀고 있어 한데 어울려 해수욕을 했다.

"시원하긴 한데 조금 있으면 물속이 서늘하겠다."

물이 빠지면서 조개 소라 껍데기가 해변가에 밀려왔다. 예쁜 소라 껍데기를 주어 모아 가만히 귀에 대보았다. 먼바다의 소리, 파도 소리가 들리는 것 같아 느껴 보았다. 넓은 수건으로 수영복을 입은 몸을 감싸고 민박집, 목욕탕, 샤워실에 들어가서 말끔히 씻고 옷을 갈아입고 나왔다.

"둘이 결혼할 사이지요. 손님이 많아 방을 따로 두 개 줄 수가 없어요.

한방 써요. 둘이 잘 어울리네요. 그래요."

"어떻게 하죠? 결혼을 하기 전인데."

"어때 내가 싫은 거야? 좋아하잖아. 같이 써."

어떻게 생각할 겨를도 없이 한방을 쓰게 되었는데 속으로는 싫지만 않고 그런데 자꾸 떨리는 마음을 어찌할 수 없었다. 저녁을 조개구이와 생선 맑은 탕에 고기밥 하나 정갈한 반찬이 식욕을 돋우었다. 만족한 음식을 미각으로 즐기고 민박집 주변에 슈퍼가 있어 대원 씨가 맥주, 소주, 마른안주를 많이 샀다.

"오늘 같은 날 취해 보자. 마음껏 마시고 싶다."

"그만 사. 술 마시기 싫어. 왜 사는 거야."

바닷가 해풍이 불어 시원한 밤 분위기가 좋았다.

술을 한 잔 두 잔 밤이 으슥하도록 마시고 곤드레만드레 취했다. 술기운에 두 사람은 한방에서 달콤한 시간을 보냈다. 아침에 깨어 보니 간밤이 기억이 나 얼굴이 화끈화끈 붉어졌다.

"어젯밤 좋았지? 촉감이 기가 막히던데."

"뭐? 대원 씨 간밤에 어떻게 했어! 뭐야!"

토닥토닥 다투다가 그냥 그렇게 휴가를 열정적으로 열렬하게 사랑에 빠져서 부부의 연을 맺었다. 그런데 휴가를 갔다 온 뒤 전화도 하지 않고 점심시간, 퇴근 후에도 볼 수가 없게 발길이 뚝 끊겼다.

사랑하는 만큼 고통을 겪게 되어 있나 보다. 우리 사는 인간 세상은 고통이 우리가 성장할 수 있는 힘의 바탕이라 했다. 사실 훌륭한 인물이란 고통스러운 일을 잘 겪어 낸 사람들이다. 그리고 보니 고통 속에 우리가 알 수 있는 신비가 있다고 생각한다. 고통은 우리 스스로가 잘못한 탓일 수 있다.

연필을 깎다가 실수해서 손을 베이는 아픔을 겪는다. 운전을 잘못해서 지나가는 사람을 다치게 할 수 있다. 내가 잘못하든 다른 사람이 잘못하든 그것이 도덕이든 물리적이든 그 결과로 고통이 닥쳐온다. 우리는 아주 편리하게 살고 있다. 자동차로 먼 거리를 빨리 갈 수 있다. 자동차를 만들기 위해 우리가 모르는 많은 사람의 노력과 피땀이 있었을 것이다.

반대로 만일 우리가 힘들고 불편하다면 누군가가 저지른 범죄 때문이라고 말할 수 있다. 오늘날 많은 죄악과 실수에도 불구하고 우리가 희망할 수 있는 것은 예수 그리스도의 십자가 희생 때문이다. 그분의 수난과 죽음은 우리 영원한 생명을 위한 희생에서 비롯된 것이라고 생각하고 있다.

어떻게 해야 하나 잡념이 많아지고 생각이 복잡해져 집중할 수가 없어 기도하는 시간을 많이 가지려고 노력했다. 대기가 불안정해 소나기가 자주 내리더니 더위는 한풀 꺾이는 기세에 시원한 바람이 불어온다. 태양은 대지에 쏟아져 열매가 익어가는 적당한 온도를 제공하는 듯 한낮에 더위는 계속 이어졌다.

들에다 바람을 놓고 남국의 햇볕을 더해 주셔서 풍성한 추수를 할 수 있게 신이시여 도와주소서. 자연의 오묘한 섭리에 하느님의 사랑을 깨닫고 내려 주신 은혜에 감사하는 겸손한 마음으로 사랑의 기도를 하게 하소서.

4. 사랑

맑고도 파아란 하늘은 높고 말이 살찐다는 가을이 왔다. 아직은 늦더위가 한낮에는 남아 있어 일을 할 때면 땀이 흐른다. 시원한 바람 한 줄기가 답답한 마음을 달래 주는 것 같았다.

전에는 힘든 순간마다 매번 하느님께 기도로 울부짖으며 '나에게 힘과 기회를 주십시오' 하고 외쳤던 적이 많았다. 물론 그 기도에 전부 긍정적인 응답을 해 주지 않았었다. 그런데 살다 보니 다 이유가 있었다. 내가 좀 더 좋은 기회를 얻을 수 있도록 준비할 수 있는 시간을 주신 것이다. 가끔은 하느님께 기도드린 것이 힘들 때도 있었다. 때로는 좌절과 위기로 인해 나도 모르게 하느님을 원망하는 순간이 찾아올 수도 있지만 그러한 시련의 시간 역시 하느님 뜻이라 생각하며 하느님을 믿고 따르며 그분에 대한 믿음과 신앙을 단단히 다지면서 그분 안에서 살아가고자 한다 하고 가만히 묵상하며 기도를 드린다.

우리를 위해 십자가에 못 박혀 돌아가신 예수 그리스도께서는 우리에게 약속하신 대로 십자가에서 죽으신 지 사흘 만에 부활하셨다. 주님께서 죄와 죽음의 어둠 속에 갇혀 있는 이 세상을 비추시며 부활하신 주님 스스로 빛이 되셨다.

온 세상에 그리스도가 모든 것을 이기는 빛으로 부활하셨음을 선포하고 사람들에게도 기쁜 소식을 줄 것을 다짐했다. 만약 신앙에서 부활이 없다면 나의 믿음과 삶은 모두 쓸모없는 것이 되고 인간의 삶은 결국 멸망과 죽음으로 끝나게 되고 말 것이다. 예수님의 부활은 구원을 갈망하는 모든 인간의 희망이며 보증이 된다.

부활하신 주님은 닫혀 있는 우리의 마음을 열어 주시고 부활의 빛을 비추어 주신다. 그 빛으로 우리들은 더 이상 두려움과 불안, 죽음에 머물지 않고 용기와 희망, 생명의 길을 걷게 되는 것이다. 가을이 되면서 4년 동안 경영수업을 받고 미국에서 돌아온 사장님 아들 하영길 씨가 이사로 회사에 복귀하였다. 예전과 같진 않았지만 그래도 친절하게 대해 주었다.

아침 일찍 원두커피를 내리고 있었다.

회의를 마치고 나온 간부들이 커피 한 잔씩 따라서 건네준 향기가 은은하게 당기는 맛있는 커피를 마신다. 다 자리에 돌아가고 이사님 영길 씨가 나가려다 말고 다시 옆으로 다가와 말을 한다.

"친구 대원이가 여기에 자주 오는데 보이지 않네요. 무슨 일이 있어요?"

"말이 나와서 말하는 건데요. 대원 씨가 자주 와서 밥을 같이 먹다가 정이 들어서 사귀게 되었어요. 이번 휴가를 같이 보냈는데 그 뒤부터 연락을 해도 전화를 받지 않고 만날 수가 없어서 고민하고 있어요."

"그래요?"

그런 뒤 문을 열고 나갔다. 그리 바쁘지 않은 가운데 토요일 쓸쓸하게 휴일을 나 혼자서 보내기에 너무 외로웠다. 가을의 기운이 무르익으면 매일 반복되는 일상에서 벗어나 자연과 더불어 몸도 마음도 쉬고 싶은 때가 있다.

이때 가장 중요하게 하는 고민이 어디로 가느냐이다. 목적지가 정해져야 어떻게 갈지 무엇을 할지도 정할 수 있기 때문이다. 우리 삶의 여정도 삶의 목적지가 어디인지 올바로 아는 것이 중요하다. 올바른 방향이 아니라 그릇된 방향으로 열심히 달려가면 갈수록 목적지에서 점점 멀어지기 때문. 무엇을 하든 목표를 잘 세워야 한다.

어떻게 된 일인지 생리 날짜가 지났는데 하지를 않아 불안하게 기다리고 있었다. 왜 그러지… 그 일이 있었긴 한데 혹시 임신이 된 것이 아닌지 연락도 없는 그 남자가 그리워지고 만나고 싶었다. 임신 테스트기를 내가 사는 곳이 아닌 먼 데에서 가슴이 두근두근거리는 것을 감추고 태연하게 사 왔다. 화장실에서 검사를 하는데 임신이라는 신호를 보았다.

나는 어떻게 할 줄 모르고 당황하여 말을 할 수가 없었다. 컨디션이 좋지 않고 힘이 없이 몸이 나른하여 잠이 왔다. 오늘도 평소처럼 점심시간이 되어 사람들에 끼어서 밥을 먹었는데 갑자기 음식 냄새를 맡지 못하겠고 헛구역질을 했다. 옆에 앉아 있던 포장반 아줌마들이 임신이라는 눈치를 한 것을 본 이사님은 사무실에 곧바로 따라왔다.

"대원이가 아직도 연락을 안 해요?"

"…."

대답을 할 수가 없었다.

"무슨 일이 있었어요? 알만 해요."

이사님이 대원 씨에게 전화를 했는데 아가씨가 받아서 대원 씨가 내가 했을 때는 받지 않았는데 바꾸어 주었다.

"니가 돌아온 지 알고 있었다. 나의 사정이 여의치 못해서 연락을 못했다. 이해를 해 달라."

"그걸 말이라고 하냐. 미스 김하고 그렇고 그런 사이라고 다 알고 있다. 남자라면 떳떳하게 책임을 질 줄 알아야 한다. 정시에 퇴근하고 회사로 와라. 알았지."

"그래, 알았다. 만나서 이야기하자."

회사가 끝나고 기다리고 있었더니 대원 씨가 나타났다. 보자마자 이사님이 주먹으로 몇 번씩 날아갔다.

"야, 우리 회사 다니는 사람에게 왜 피해를 주냐. 너 이렇게 하려고 우리 회사 주위를 맴도느냐. 남자답게 책임을 져. 미스 김 데리고 산부인과에 가 봐. 너 발뺌을 하면 좋지 못해. 여자가 얼마나 마음을 졸였는지 그 마음을 알기는 하냐?"

"내가 잘못했다. 미안하다."

"너가 사과할 사람은 내가 아니라 김서연 씨야."

"알았다. 서연 씨 내일 산부인과에 가 보자."

이렇게 억지로 사이를 연결시키게 돼서 예전과 달리 부자연스럽고 마음에도 없는 결혼을 하게 되는 것이라고 얼굴에 쓰여져 있었다.

다음 날 오전에 시간을 내서 병원에 같이 갔다. 접수를 하고 앞에서 앉아 기다리고 있었다. 차례가 되어 이름을 부르고 같이 진료실에 들어가 초음파로 검사하기 위해 침대에 누웠다. 잠시 후,

"임신 13주째 접어들었습니다. 축하합니다. 남편분 심장 뛰는 소리 들어 보세요. 쿵쿵쿵"

"예, 진짜 힘차게 뛰네요. 자, 들어 봐."

의사 선생님의 주의하라는 말을 듣고 병원 문을 나왔다.

대원 씨는 정식으로 프러포즈도 없이 결혼하자는 말과 주말에 어머니를 올라오라고 전화하니까 인사하러 오라는 말을 하고서 사무실로 들어가고 나는 회사로 돌아왔다. 깊어 가는 가을밤 녹음기 테이프를 틀어 놓고 음악 감상을 하고 있다.

　달달한 커피를 타서 향기에 취해 한 모금씩 마신다. 창가에 달님이 떠서 은빛 물결에 귓가를 맴도는 조용한 말로 속삭인다. 너무나 달 밝은 밤. 별이 초롱초롱 반짝인다. 나는 그만 창문을 닫고 침대에 누웠다. 어떻게 할 수 없는 지경까지 갔으나 이제는 조금 안심이 되어 뒤척이다가 내일을 위해 잠을 청했다.

　음악 소리가 들리지 않고 사람과 차 소리도 들리지 않는 조용한 밤. 나는 피곤했던지 깊은 단잠을 이루었다. 별다른 일 없이 약속했던 주말이 되었다. 나는 신경을 써서 곱게 단장하고 옷 중에서 제일 좋은 옷을 입고 손에는 과일 바구니를 들고 시어머니 되실 분께 인사를 하러 갔다. 긴장한 모습으로 조심스럽게 대원 씨 원룸 현관 앞에 서서 초인종을 누르자 문이 열려 안으로 들어갔다.

　"어머니, 안녕하십니까. 처음 뵙겠습니다."

　"오라, 니가 우리 아들 발목 잡았느냐."

　"어서 와. 과일 바구니 나 주고 의자가 없으니 식탁에 앉아."

　바구니를 받아서 안에다 놓고 커피 물을 올린다.

　"내가 이혼하고 혼자서 우리 아들을 어떻게 키웠는데. 너가 빼앗아 가. 왜 앞길이 창창한 우리 아들을 붙잡니?"

　나는 아무런 말도 못 하고 가만히 앉아 있는데 커피를 내왔다. 커피 향기에 한 모금 마시려고 하는데 구역질이 나와 입덧을 했다. 냄새 맡기가 힘들었다.

"몸을 함부로 굴려 애까지 임신했어. 쯧쯧. 너희들 결혼은 너희들이 알아서 해라. 신경 쓰기 싫다."

나는 커피를 마시려다 말고 불편해서 그 자리를 나왔다. 선선한 가을바람이 옷깃을 스친다. 얼굴이 화끈화끈 달아올랐다. 다른 것은 접어두고 아이만을 생각하기로 했다. 나는 지금 기쁘지도 슬프지도 않고 행복하지도 불행하지도 않았다. 천천히 걸어서 집으로 들어가 한동안 앉아서 생각했다. 그리고 가만히 전화번호를 누르고 신호를 기다렸다.

"여보세요."

"엄마 서연이에요. 별일 없지요?"

"서연아, 밥 잘 먹고 다니니? 아픈 데는 없고?"

"그럼 엄마. 나 결혼해야 할 것 같아요."

"뭐? 정말? 누군데?"

"그러니까 서울에 올라오세요. 사위 인사도 받으시고 아버지랑 진수, 현수도."

"진수는 4학년이고, 현수는 군대 갔다."

"그래요. 아무튼 토요일날 식구들 다 올라오세요."

"그러고 말고. 내 딸 서연이가 결혼한다는데. 알았다."

전화를 집으로 하고 나서 기분이 다소 맑아졌다. 입덧 때문 음식을 먹지 못하고 따끈한 우유 한 잔 마시고 있었다. 침대에 앉아 리모컨으로 텔레비전을 켜자 뉴스가 하고 있었다. 전국이 단풍으로 물이 들어 붉게 타오르는 장면이 뉴스에 나와 감탄을 하였다. 날씨가 좋아 산으로 단풍 구경하러 올라가는 사람들도 나왔다.

나는 아이가 무럭무럭 건강하게 잘 자라기만을 바랐다. 배 속의 아가에게 좋아하는 음악을 들려줄 뿐 태교를 하기에는 나에게 자유스럽지가 않았다. 그렇게 기다리던 주말이 되어 가족이 올라왔다. 오랜만에 만나서 얼굴을 보고 그동안 있었던 일을 부모님께 말했다.

김대원 씨를 만나서 사랑해서 어쩌다 임신했다는 것도 그래서 갑자기 결혼한다는 말을 듣고 잘 살아야 할 텐데 엄마는 또 다른 걱정을 하게 만든 점이 미안했다. 엄마는 딸을 위해 김치, 밑반찬 등을 해 오고 재료를 따로 사 가지고 와서 맛있는 요리를 해 주셨다. 사위에게 점심밥을 같이 먹자고 하셨는데 나는 그럴 필요가 없다고 불편해하니까 와서 차 한잔하고 결혼 날짜를 잡는다는 말을 했다.

방이 두 개 거실에 딸린 주방, 화장실이 갖추어진 오피스텔이 오늘은 맛있는 냄새가 가득 사람이 사는 것처럼 북적거렸다. 엄마가 해 준 음식은 울렁거리는 기미가 없어서 많이 잘 먹었다. 밥을 먹은 후 오랫동안 이야기를 나누다가 남동생과 아버지가 같은 방에서 자고 내 방 침대에서 엄마 옆에 누워 단잠을 잤다.

아침에 일어나니 엄마가 있어서 너무 좋았다. 준비를 하고 기다렸는데 오후가 되어서 장미꽃에 안개꽃 한 아름을 가지고 와서 나에게 안겨 주고 부모님께 인사를 했다.

"안녕하십니까. 사위 김대원이라고 합니다."

"어서 오게. 서연이에게 말 들었네. 어쨌든 잘 부탁하네."

"염려 마십시오. 책임지겠습니다."

엄마가 집에서 가져온 향기도 좋고 마시기 편한 대추차와 과일을 깎아서 자그마한 상을 내왔다.

"형제가 2남 1녀 중 큰 애네. 아들 하나는 군대 갔고, 큰아들이 따라왔네."

"처남, 잘 지내 보세."

"매형이라고 불러도 되죠? 누나를 행복하게 해 주세요."

"알았네. 노력해 봄세."

"김 서방, 서연이에게 잘하고 사랑하면서 잘 살게."

"어머니가 아버지와 헤어지고 저만 보고 사셨어요. 그래서 형제가 없고 저 혼자여요."

"아무튼 서로 의지하고 아기자기하게 아껴 주고 살게나."

"예, 잘 알겠습니다. 장모님."

"대원 씨 우리 결혼 11월 둘째 주 토요일 어떻게 생각하세요?"

"그래요. 그럼 그렇게 하는 게 좋겠어요."

엄마에게 결혼 준비는 동대문, 남대문 시장에서 싸고 좋은 것으로 내가 알아서 할 테니 신경 쓰지 않아도 된다고 말씀드렸다. 결혼은 서울에서 예식장을 예약하고 신혼여행도 여행사에 예약하기로 계획을 세웠다.

신혼 생활은 나의 집에서 시작하기로 하고 대원 씨의 원룸 전세금을 빼서 결혼 자금으로 사용하기로 했다. 부모님의 도움을 받지 않고 각자 벌어서 화려하지는 않지만 검소하게 결혼할 수 있어서 나는 다행이라고 생각했다.

대원 씨도 돌아가고 조금 있다가 가족들도 전철을 타고 강남 고속터미널에서 고속버스를 타고 광주로 돌아갔다. 시간 나는 대로 둘이 돌아다니며 생활에 필요한 필수품을 가격과 품질을 비교해서 따져 보기도 하고 구입을 싸게 했다. 갈색 이파리가 우수수 떨어지는 계절에 나는 곱게 화장을 하고 아름다운 신부가 되었다.

친지들을 모시고 사장님이 주례를 보고 영길 씨가 사회를 보고 회사 친구들이 들러리가 되어서 축하를 해 주었다. 아버지의 손을 잡고 신부 입장 순서대로 무사히 결혼식을 올렸다. 사진, 비디오도 찍고 폐백을 끝낸 후 부모님께 잘 다녀오겠다는 인사를 드리고 신혼여행을 떠났다.

남편과 나는 양복과 예쁜 한복을 입고 비행기 시간에 맞추어 공항에 도착했다. 구름 위에 올라 2박 3일 제주도 신혼여행을 달콤한 사랑으로 즐기다가 돌아와 일상생활에 한집에서 둘이서 같이 잠들고 아침에는 같이 눈을 떴다. 결혼을 하고 나자 쌀쌀한 날이 이어지더니 추워져 가는 가을의 끝자락에 들어와 있었다. 올 한 해도 마지막 한 달이 남아 있는가 싶더니 벌써 연말이 되었다. 배가 부르기 전 출산 준비도 미리 하기 위해서 회사에 사표를 냈다. 사장님과 이사님이 너무 잘해 주셔서 서운하였다.

"너무 일을 잘해서 회사 사정이 좋아지고 업무량이 많아서 이제 비서를 두 명 써야겠어요. 5년 동안 수고했어요."

"사장님이 잘해 주셔서 감사합니다."

"퇴직금이랑 그동안 성과금을 넣었으니 좋은 데 써요."

사장님께 인사를 하고 나가려는데 회식이 있다고 이사님이 데리러 오셨다. 한 해를 마지막 보내는 망년회 회식 장소에 따라갔다. 몇 시간 걸려 밥을 먹고 난 뒤 노래방에 가자는 것을 사양하고 일찍 들어왔다. 남편도 세무서 직원들하고 회식이 있다고 아직 집에 들어오지 않아 혼자서 씻고 침대에 누웠는데 피곤했던지 잠이 들었다.

밖은 세찬 바람 소리가 들리기는 했는데 꿈속에서 아이와 만나서 노는 모습이 나타나 행복하게 새해 아침을 맞이했다.

어느덧 혹독한 추위를 견디기 위해 겨울잠을 자는 생물들에게 깨어나라는 신호를 보내 봄이 가까이 왔다는 느낌이 들게 한다. 아직 바람 끝은 차갑다. 봄 햇살을 받아 나뭇가지에 물이 오른다. 봄은 새로운 시작을 의미하는데 나의 소중한 아기가 새 생명의 기운을 받고 우렁차게 태어났다.

아기 김대연이가 세상에 나와서 방긋 웃자 봄에 피어난 꽃들이 축하를 해 주었다. 남자아이답게 엄마의 젖을 힘차게 빨아먹었다. 삼 주 동안 산후조리원에서 몸조리를 잘하고 남편이 데리러 오자 아이와 필요한 물건들을 챙겨서 집에 돌아왔다. 승용차에서 내려 아이를 안고 집에 들어가는 기쁨은 매우 컸다.

아이는 우유를 먹고 잠자는 모습이 천사같이 너무 예뻐 가만히 바라보고 있으면 시간 가는 줄 몰랐다. 집 안에는 아이가 배고프다, 기저귀 갈아 달라고 우는 소리에 사람 사는 냄새가 나고 활력이 넘쳐흘렀다. 올해의 가정의 달에는 엄마, 아빠, 아이, 세 식구가 한 가정을 이루어 행복한 생활을 하게 되어 하느님께 감사드렸다.

꽃이 핀 자리에 이파리가 돋아 나와 짙은 녹색으로 푸르름을 뽐내며 자연에 순응하여 환경에 적응하려고 노력한다. 집에만 있다가 바람 쏘이고 싶어서 나들이를 간다. 유모차에 아이를 조심스럽게 포대기에 싸서 눕히고 우유를 마련해서 옆에 걸고 밀면서 걸어 다닌다.

"아가야, 바깥세상 구경 가자. 신기하지."

걸어서 발 닿는 곳이 성당의 넓은 마당 쉼터였다. 하느님께서 주신 선물 김대연이 엄마라는 큰 임무에 사랑으로 잘 키우겠다는 마음속으로 약속을 했다. 어떤 시련이 와도 나는 변함없는 강한 엄마가 되겠다고 아이를 바라보면서 기도하니까 아이는 천진난만한 모습으로 방긋방긋 웃으며 화답하였다.

남편은 퇴근을 하면 그런대로 일찍 들어와 아이와 잘 놀아 주었다. 나는 식사 준비를 저녁과 다음 날 아침까지 준비를 한다. 시댁과 친정식구들이 집에 찾아오는 일 없이 세 식구만 오붓하게 사는데 남편은 어떻게 생각하는지 알 수 없지만 나는 너무 행복하게 아이를 키우고 있었다.

무더운 여름이 언제 온가 싶더니 이젠 시원한 바람이 제법 불어와 결실의 계절이 온다는 기미가 엿보인다. 들녘의 햇볕과 바람의 세례를 받은 듯 한꺼번에 몰아쳐서 비가 되어 깨끗한 환경을 만든다. 가을에는 사랑하는 사람들을 위해 두 손 모으고 기도를 한다. 영글어 가는 열매처럼 마음도 영글어 성숙한 인격을 갖춘 스스로 책임을 지는 자격을 가질 수 있게 하소서.

아이와 울다, 웃다, 부딪히며 자라는 모습을 바라보면 재미가 있어 시간 가는 줄 모르게 빠져 버렸다. 기온이 떨어져 쌀쌀해진 날 결혼 1주년이 되었다. 작년 이맘때 우여곡절 끝에 무사히 결혼하여 한 가정의 주부로 다른 집과 같은 평범한 생활하는데 남편이 잊지 않고 케이크를 사 가지고 들어왔다. 케이크를 내서 초 한 개를 꽂고 말했다.

"우리 대연이 이제 앉을 수 있어. 많이 컸네."

"오늘이 엄마 아빠 결혼한 날이야. 알았어."

아이가 케이크를 보면서 신기한 듯 소리 내어 웃는다. 남편이 촛불을 켰다. 손으로 잡으려는 듯 아직 기어다니지 않아 그 자리에 있었다.

"여보, 사랑해. 대연이도 사랑해."

"대연아, 호~ 불어. 자, 하나, 둘, 셋, 호~"

그리고 저녁밥을 먹고 텔레비전을 보면서 밤은 깊어 갔다. 나뭇가지에 고운 단풍은 낙엽 되어 우수수 떨어진 뒤 세찬 바람이 불어 이리저리 흔들리는 소리가 선연하게 들린다. 나는 아이와 남편이 잠들어 있는 모습을 지켜보다가 가만히 옆에서 잠을 청하기 위해 눕는다.

올해는 참으로 뜻깊은 해이다. 아이가 태어났고 기르는 잔 재미에 푹 빠져 사계절이 오고 가는지 느낄 새도 없이 빠르게 시간이 흘러 지나갔다. 아기 예수님 태어난 성탄절도 아이와 함께하니 온누리에 축복을 내려 주신 하느님 은혜를 다시 생각하고 감사를 드린다. 해가 바뀌어 새날 새해가 밝아 왔다.

가장 추운 양력 정월에 우리 가정에 좋은 일만 있게 해 달라고 소원을 빌면서 떡만둣국을 끓여서 먹기도 했다. 눈이 쌓이고 얼었다 녹았다 하는 날씨가 반복되었다. 어쩌다 맑은 날 내리는 햇볕도 추운 겨울에는 차가운 느낌이 강하게 든다. 땅속에서는 추위를 견디기 위해 겨울잠을 잔다.

추위가 절정에 달아 집 안에서 아이를 바라보면 무럭무럭 잘 자라주어 너무 고맙고 대견하다. 이렇게 행복하게 산 지가 젊은 날의 한때의 일부분이었다. 아직은 어떤 갈등도 없이 평화로운 가정의 한 단면만 보였다.

5. 배신

새봄이 되어 부활절이 가까이에 왔다.

믿음으로 부활하신 주님을 만나고 '내가 너희를 사랑한 것처럼 너희도 서로 사랑하여라'라는 말씀처럼 사랑의 실천을 나누었기에 새로운 하늘, 새로운 땅인 공동체가 되었다. 예수님을 통해 느낀 풍요로운 하느님의 사랑은 이웃 사랑으로 발전되어 공동체를 이루고 자신들이 살고 있는 삶이 곧 새 하늘, 새 땅임을 느끼게 한다.

들려주시는 하느님 나라의 본질 즉 하느님을 사랑하고 이웃을 내 몸처럼 사랑하라는 새로운 계명을 실천하기 쉬워진다. 또한 자신의 생활에서 하느님이 주시는 감동을 느낀다. 이런 삶이 우리가 사는 이 세상이 이미 새로운 하늘과 새로운 땅임을 체험하고 감사하는 삶, 하느님을 찬미하는 삶이다.

"내가 너희에게 새 계명을 준다. 서로 사랑하여라. 내가 너희를 사랑한 것처럼 너희도 서로 사랑하여라."

평화는 가장 보잘것없는 사람에게 더 큰 사랑을 베푸는 것, 욕심을 버리고 격차를 줄이며 살아가는 것, 홀로 앞서가기보다 손잡고 함께 가는 것이 더 좋은 길이라 생각하고 실천하는 것이다. 억울함과 절망 속에서 미움이 자라는 세상이 아니라 감사와 배려와 감동을 통해 희망을 키우는 것이다.

서로의 정신과 재능을 신뢰로써 나누고 인간의 품위를 존경하려는 의지와 형제애를 실천하며 창조 질서의 회복을 위해 노력하는 가운데 공동체를 실현하는 삶으로 살아간다. 예수님의 부활을 통해 아버지 하느님의 자비로운 사랑과 평화를 가정 안에서 그리고 이웃과 직장, 국가와 세계 안에서 이루어야겠다.

하느님의 거룩한 바람은 우리의 못난 모습을 날려 버리고 예수님 안에서 새로운 인간으로 거듭 태어난다. 우리의 나약하고 이기적인 모습, 묵은 모습을 성령의 바람으로 날려 버리고 우리도 예수님을 새롭게 덧입고 성령으로 말미암아 새사람으로 거듭 태어나도록 성령이여 오십시오 하고 청하고 싶다.

우리 시대 물질의 가치로 사람들을 평가하고 물질의 행위로 행복을 재단하려는 물신주의, 배금주의 풍조를 성령의 힘으로 날려 버리도록 해야 한다는 말씀을 새겼다. 작년 이맘때 목련 꽃이 필 무렵 아이가 태어나 첫돌이 되어 간다.

"여보, 대연이 돌이 되었는데 어떻게 할까요?"

"양가 부모님, 처남들하고 모여서 밥이나 먹자구 결혼 때 얼굴 보고 서먹하니까 친하게 지낼 시간이 없었는데."

"그럼 일식집에 예약할까요?"

"그래 올라오시라고 말씀드려요."

군포에서 홀로 사시는 시어머니와 친정엄마에게 전화를 했다. 꽃향기가 창문을 통해 집 안까지 날아와 기분이 좋아진다. 따뜻한 봄날이 펼쳐져 아이도 좋아서 밖으로 나가자고 한다. 신발을 신고 한 발짝 두 발짝 걸음마를 시작한다.

유모차를 타다가 내려서 걷다가 반복을 하고 노는데 시간 가는 줄도 모르게 하루가 훌쩍 지나간다. 가족이 모이기로 한 날이 되어 오후 두 시경에 도착해서 옹기종기 방 안에 앉아 이야기한다.

"대연이 백일 때 보았는데 벌써 걸어 다녀."

"이리 와. 안아 보자. 외할아버지 얼굴 기억해?"

화젯거리가 아기 노는 모습에 초점이 맞추어져 관심이나 시선이 중심이 되었다.

"진수는 졸업하고 취업 준비하니? 현수는 아직 대학에 다니고?"

"응, 누나. 전매청에 취직하려고 준비하고 있어."

"나도 학과 공부보다 취업 준비에 관심을 두고 있어."

"엄마, 아버지, 동생들이 다 컸으니 여행도 다니고 즐기면서 살아요. 이제 그럴 나이가 됐잖아요."

"오냐, 그러마. 너희 시어머니는 오시기로 했니?"

"예, 약속한 곳으로 군포에서 오셨다가 밥 먹고 그냥 가신다고."

"생활비를 드리고 있지만 지금도 며느리를 탐탁하게 생각하지 않아서 고민이에요."

"그런가…. 그럴수록 서연이가 잘해 드려라."

시간에 맞추어 술 한 잔씩 하기 때문 승용차는 두고 택시를 두 대 잡아서 타고 여의도에 있는 음식점에 도착하였다. 조그마한 방에 상이 차려져 마련되어 있어서 시어머니도 오셔 아들 옆에 모두 마주 보고 둘러앉았다.

먼저 케이크에 촛불 하나를 켜서 내 무릎에 앉아 있는 아기와 내가 입으로 불어서 끄고 엄마가 케이크를 잘라 한 조각씩 접시에 담아 맛을 보았다. 음식을 기본으로 차려 놓고 맛이 좋은 음식과 회 등 연달아 나와 먹으면서 말을 했다.

"사돈, 결혼 때 보고 이제야 뵙네요."

"우리 아들이 능력 없는 여자 만나서 고생이 많네요. 지금도 마음에 들지 않는데 어쩔 수 없이 보네요."

"무슨 말씀을 그렇게 하세요. 자식 낳고 사는데."

긴장이 된 분위기 속에 아무런 말도 없이 밥만 먹고 있었다. 식사가 끝나기 전 시어머니는 이만 실례한다는 말을 남기고 일어나서 나가 버렸다. 두 시간 정도 저녁을 끝내고 우리는 벚꽃이 떨어지는 윤중로에 아직 볼만하게 남아서 가로등 아래 반짝 반짝이는 꽃구경하고 있다.

연분홍 빛깔이 공중에서 낙화하는 모습은 가관이었다. 우리 가족이 모처럼 같이 하는 시간이 너무나 즐거웠다. 이때까지는 별다른 일이 없이 아이 키우며 살아가는 좋았던 한때였다. 친정식구들이 집에서 하룻밤 자고 다음 날 돌아간 뒤 얼마 안 돼서 나에게는 환란이 시작되었다.

남편은 퇴근시간이 지나고 일이 많다면서 밤늦게 들어왔다. 왜 늦게 들어오지, 얼마나 일이 많기에 밤중이 되어서 귀가를 하지 의문이 들기 시작했다. 아이를 키우면서 좋은 생각만 하려고 하는데 불길한 예감 여자의 육감으로 알아차릴 만큼 풍기는 냄새가 다르게 났다. 늦는다는 전화도 하지 않고 술에 많이 취해 새벽녘에 들어왔다.

아침에는 출근시간 삼십 분 전에 일어나 양치하고 세수하고서 차려 놓은 밥도 먹지 않고 바쁘다고 출근해 버려 얼굴 보고 대화할 시간이 없었다. 사내에서 연애결혼한 친구 양숙영 부부가 임신을 해서 우리 아이가 보고 싶다고 와서 놀다가 가곤 했었다. 입덧이 끝나가는지 임신했는데도 친구가 해 준 밥을 같이 잘 먹었다.

"대연아, 귀여워~ 엄마 친구 이모야."

"숙영아, 대연이 아빠에게 여자가 있는 것 같아. 늦게 들어오고 와이셔츠에서 향수 냄새가 나. 루즈도 묻어 있고."

"그래? 그러면 어떡하니?"

"확실한 증거를 잡아야겠어. 도와주겠니? 아이를 좀 봐줘. 퇴근시간에 기다렸다 미행해야겠어."

"그래. 바람기는 초장에 잡아야지 아이가 있는데."

나는 암담한 심정으로 어렵게 말을 꺼내 도움을 요청했다.

"대연아, 이모와 놀자."

아이는 낯을 가리지 않고 장난감으로 같이 놀아 주었다. 나는 퇴근시간이 될 때쯤 옷도 다른 차림으로 모자를 쓰고 선글라스를 끼고 숨어서 나오기를 기다렸다. 시간이 조금 지나자 남편이 세무서에서 나와 택시를 잡아탔다. 나도 택시를 잡아타고 번호판을 보고 따라가자고 했다. 남편이 내린 곳은 호텔이었다.

호텔로 들어가서 엘리베이터를 타고 올라갔다. 몰래 따라가서 호수를 보고 옆방을 잡아서 들어가지 못하기 때문 계산을 했다. 호텔 방에 투숙했다가 결정적인 장면을 잡으려고 가만히 기다렸다. 문 앞에서 초인종을 눌렀다. 문을 열자 곧바로 들어갔더니 여자가 가운을 입고 머리를 말리고 있었다. 머리를 잡아당기고 한바탕 싸움이 벌어졌다.

"야! 내 남편을 어떻게 꼬셨냐! 가정 있는 사람하고 왜 그러냐! 아이가 아빠를 기다리고 있어!"

"이제 내 남자요. 손뼉이 마주치니까 소리가 나지. 우리는 서로 좋아하는 사이다."

"우리? 우리라고 했냐? 내 남편이고 대연이 아빠다."

"여보, 어떻게 알았어? 내가 잘못했어. 그냥 가자."

남편은 나의 팔을 잡고 집에 가자고 나와 버렸다. 순식간에 외도를 목격하고 화가 나서 기분이 매우 상한 상태였다. 말이 없이 택시를 타고 빠른 걸음으로 집에 왔었다. 아이는 자고 친구는 집으로 돌아가자 작은방에 들어가 문을 닫고 남편에게 대화를 하자고 했다.

"아직 우리는 신혼이나 같은데 왜 눈을 밖으로 돌려요."

"……할 말이 없다."

"무엇 때문인지 대화를 하자고요."

몇 시간 같이 앉아서 문제를 풀려고 했지만 도통 말을 하지 않고 얘기가 깨서 우는 소리가 나 우유를 먹이려고 나왔다. 이렇게 밤은 지나고 이튿날 아침 남편은 출근을 했다. 어떻게 살아가야 하나 앞날이 막막해지고 생각이 많아졌다. 입맛이 떨어져 아무것도 먹고 싶지 않아 도통 모르겠다는 이 마음을 혼자서 다독였다.

아이를 위해서 이러면 안 되지 정신을 차리고 넘어가지 않는 밥을 김치에다 물에 말아서 꾸역꾸역 먹었다. 그리고 며칠째 집에 빨리 들어와 정리하려나 희망이 생겼었다. 습기가 많은 긴 장마가 끝나갔다. 불쾌지수가 높은 날이 많은 가운데 날씨는 찜통더위로 푹푹 찌는 느낌이었다.

나에게는 오지 않아야 할 시련이 닥쳐왔다. 내일부터 일주일간 휴가인데 남편의 낌새를 눈치채지 못하고 어느 때처럼 태연하게 출근했다. 아이

가 아장아장 걸음마를 하기 때문 한시도 눈을 뗄 수가 없어 아이와 놀아
주기에 일과를 보내고 있었다.

  퇴근시간이 됐는데 남편이 돌아오지 않았다. 오겠지 마음 편하게 생각
하는데 시간이 자꾸 흘러 전화벨이 울리려나 신경이 곤두세워져 예민해
져 있었다.

  "따르릉. 따르릉. 따르릉"

  "여보세요…. 누구세요? 왜 말이 없어요?"

  "나 소은정이에요. 김대원 씨 오늘부터 못 들어가요. 나 임신했어요. 나
하고 같이 살 거여요. 그렇게 알아요."

  "뭐? 말이 되는 소리를 해라! 내 남편이고 김대연이 아빠다. 남자들이
많은데 왜 하필 내 남편을 빼앗아 가냐."

  "그렇게 됐어요. 아무튼 못 들어간다. 사무실에 사표도 냈다. 앞날이 창
창한데 구질구질하게 그런 데서 못 산다."

  "너 인생 그렇게 살면 못 쓴다. 천벌받을 거다."

  전화를 딱 끊어 버렸다. 어떻게 해야 할지 아무것도 생각나지 않고 스트
레스가 많이 쌓여 기분이 최악의 상태였다. 다음 날 마음을 다잡고 냉정
하게 이성을 되찾아 어떤 상황이 그 지경까지 물고 갔는지 알아보기 위해
사무실에 가 보았다. 아이를 업고 직원들은 알고 있을 것이라고 생각하고
무작정 방문하였다. 체면 차릴 처지가 아니었다. 옆자리에 앉아서 사무를
같이 보는 직원에게 물었다.

  "김대원 씨 부인인데요. 그만 사표를 내고 안 나옵니까?"

  "예, 어제까지 나오고 휴가가 끝나고는 출근하지 않습니다."

  "여자가 생겼습니까? 어떤 여자여요?"

"몇 달 전에 세금을 내려고 온 돈 많은 과부가 딸을 데리고 왔어요. 재산이 많은 사람인데, 남자가 없어서 필요하다고. 건물 임대료를 잘 받을 수 있는 사람이라고 판단하고 가족이 둘밖에 되지 않아 좋은 사람한테로 가지 못하고 꼬드겨서 넘어간 것 같아요. 남의 사생활이라 간섭을 할 수가 없었어요."

그 말을 듣고 너무 어이가 없어서 말이 나오지 않아 충격을 받고 집으로 돌아와 힘이 없어 한동안 앉아 있었다. 그 후로 남편을 볼 수가 없었다. 월급도 통장에 들어오지 않았다. 소식도 없이 전화도 없이 어디에 있는지 알 수가 없는데 그래도 시간이 흘러 두 달쯤 되었을 때였다. 시어머니에게서 전화가 와 만나자고 했다.

"다 알고 있다. 처음부터 마음에 들지 않았는데 잘되었다. 왜 아이를 임신해 대원이 발목을 잡았니? 너하고는 맞지 않는 내 아들이다. 이혼해서 대원이 놓아줘라. 아이는 내가 키울란다. 너도 젊은데 혼자 살지 않을 텐데, 나 주고 새출발해. 내가 하고 싶은 말이다."

"안 돼요, 어머니. 아이는 내가 키워요. 어떤 일이 있어도 안 돼요. 대연이 없으면 못 살아요. 어떻게 낳았는데요. 내 아이예요."

"그럼 너 알아서 해라. 나중에 딴말하지 마라."

대원 씨 어머니는 자기 할 말만 하고 계산을 하고 먼저 커피숍을 나가버렸다. 나는 하염없이 아이를 안고 울고 있었다. 마음을 가라앉히기 위해 성당에 나와 성모상 앞에서 쓰러질 듯한 몸을 가누고 아이를 안고 기도를 드렸다. 왜 저에게 이런 시련을 주십니까. 무엇에 쓰려고 시험을 하십니까. 이 고통이 저에게 무슨 필요가 있습니까.

울부짖는 소리로 한참 기도를 드렸더니 속이 시원해지는 듯한 느낌으로 정신이 바짝 들었다. 아이를 밝게 키우자 그늘이 지지 않고 긍정적인 사고를 할 수 있게 최선을 다해 부모 노릇을 하자라고 다짐을 했다. 힘이 들어도 웃고 살자. 그래야 복이 온다. 스쳐 지나가는 바람이 나에게 말한다. 지금은 이러지만 너는 좋아하고 할 수 있는 일, 잘될 수 있게 밑거름을 주어야 한다. 밑바닥부터 말이다. 이런 풍파를 겪고 성숙한 여인이 되어 멋지게 살아가는 방법을 터득하고 배우는 것이다. 세상은 단풍으로 물들어 가는데 남편이 만나자고 전화를 했다.

"여보세요."

"나요. 좀 만납시다. 그리로 나와요."

"당신이 그럴 줄 예전에 미처 몰랐어요. 왜 이제야 전화해요?"

"만나서 협상합시다. 할 말이 없어요. 미안하오."

나는 아이를 안고 빠른 걸음으로 만나는 곳 커피숍으로 나갔다.

"대연아, 아빠야. 여보 아이 한 번 안아 봐요."

"앉아요. 내 말 잘 들어요. 나하고는 살지 못하오. 내 마음속에는 다른 여자가 자리 잡고 있소. 어머니에게 말 들었어요. 위자료, 양육비 어느 정도까지는 보상해 줄 수 있소. 내 돈은 아니지만 합의 이혼합시다. 나는 이미 떠났소. 붙잡지 말아요."

아이 한 번 안아 주지 않는 남자 앞에서 울지 않기로 했다. 나는 비장한 결심을 하고 냉정하게 보내 주었다.

"마음대로 하세요. 이제부터 대연이는 내 아이요. 아빠는 없어요."

그 사람은 볼 일을 다 본 듯 일어서서 법원에서 보자는 말을 하고 뒤도 돌아보지 않고 쏜살같이 사라졌다. 나는 아이를 꼭 껴안고 집으로 돌아와 밥도 먹이고 우유도 먹였다. 이럴수록 먹어야 고통을 이겨 낼 수 있다. 밤에 아이가 잠이 들자 거실 식탁에 앉자 김치를 꺼내 놓고 소주를 마신다. 잠이 오지 않아 소주를 마시고 나면 잠을 잘 수가 있어 과음은 하지 않고 적당하게 마신 뒤 아이 옆에서 쓰러져 잔다. 싸늘한 바람이 눈가에 이슬이 맺히는 눈망울 속 눈물이 마른다. 나는 울 수가 없다. 강한 엄마가 되어야 잘 기를 수 있다.

예년처럼 성당 앞마당에는 실국화가 은은한 향기를 뿜어내며 오고 가는 사람들의 눈길을 사로잡는다. 외롭지만 아이를 한시도 떼어 놓을 수가 없고 아이와 잘 놀아 주는 것이 모든 시름을 다 잊게 해 주는 보약과 같은 역할을 했다. 나의 주어진 상황에 적응하면서 사는데 그 여자와 과부가 만나자고 해서 나갔다.

"아이를 내세워 잡으려고 하지 말아요. 김대원 씨는 내가 사위로 인정한 사람이요. 나에게 필요하니 깨끗하게 정리해요. 소은정이는 남편도 없고, 하나밖에 없는 내 딸이요. 사랑하는 딸이 좋아하는 남자에게 무엇이든지 다 해 주고 싶은 재력가요. 너무 억울해 말아요. 보상을 할 테니까."

"그런 돈으로 사람을 현혹시켜 평생 갈 것 같아요? 한 번 배반하면 또 배신한다는 것을 몰라요? 무엇 때문에 남편을 빼앗아 가는 거요. 인생이 쓰레기 같은 사람들."

"아무튼 위자료, 양육비를 줄 테니 이혼해요. 몇 달 월급이 안 들어오니 궁하죠. 그러지 말고 빨리 이혼해요."

나는 앞에 놓인 물을 그 여자에게 끼얹고 나왔다. 거리에는 낙엽이 우수수 떨어지는 계절이 얼마나 외롭고 쓸쓸한지 너무나 고독해서 말이 나오지 않는 아픔으로 몸부림쳤다. 아이를 보고 애써 웃는 모습을 보이려는 노력을 계속하련다. 사람이 나를 배신한다고 해도 하늘을 우러러 한 점부끄럼 없기를 잎새에 이는 바람에도 괴로워하고 슬퍼하거나 노하지 말라는 어느 시인의 시를 인용하여 읊어 보노라.

나는 당당히 위자료를 요구하고 양육비, 교육비를 매달 얼마씩 받기로 하고 가정 법원에서 김대원 씨와의 이혼을 하였다. 한 해가 저물어 가는 연말이 다가오기 전 결혼 생활을 정리했다. 인간 스스로 살아가기에 부족한 존재임을 아시고 조건 없는 사랑과 용서를 베푸시기 위해 당신의 꿈을 인간에게 표현했다. 인간과 같은 모습으로 이 세상에 오시는 것이 바로 그것이다.

이는 하느님의 사랑 표현이고 이 사랑의 구체적인 실현을 위한 삶의 계시인 것 같았다. 그래서 우리는 믿음의 자세를 확립하고 이 사랑을 자각하기 위해 예수님을 만나고 기도하는 체험이 필요하다. 인간으로 오신 예수님의 삶을 접하면서 간절한 기도를 할 때 예수님과 하느님의 꿈이 무엇인지 깨닫게 된다. 우리는 이 깨달음으로 하느님의 조건 없는 사랑과 용서를 체험하고 살아가야 한다는 것을 확신하게 된다.

하느님께서 인간을 사랑하심이 너무나도 신비스러운 사랑이고 하느님의 꿈이었음을 깨닫고 알게 된다. 하느님의 꿈이 인간의 진정한 꿈과 일치한다고 강조하면서 하느님의 꿈을 제대로 인식하고 실천해야 한다는 것이다. 꿈은 우리가 예수님과 함께 하느님의 가족 구성원임을 깨달아 하느님을 아빠라고 확신하고 성령의 이끄심에 따라 사랑받는 자녀, 용서받는 자녀임을 깨닫고 감사와 찬미를 드리는 생활을 하고 경건한 마음으로 새 삶을 살아가야 한다.

문제는 많은 것을 이루었다고 생각한 이후부터였던 것 같다. 이미 내가 해 놓은 것들을 혹시라도 잃게 될까 봐 새로운 것에 대한 도전을 망설이게 되고 현재 가지고 있는 것들을 움켜쥐어야 하면 할수록 그저 제자리를 맴돌게 될 뿐이라는 사실을 깨닫지 못했던 것 같았다.

내가 알고 있는 예수님은 최고의 개혁가이자 변화를 즐기고 그것을 위해 늘 노력했던 분이었고 바로 그런 모습이 하느님이 원하는 모습이자 하느님을 닮아 가는 삶일 텐데 나는 그것을 깨닫지 못하고 결국 변했던 것은 나의 마음가짐이고 노력을 하지 않았다. 나는 오늘 또 한 잔의 알싸하게 번져 오는 커피를 마시며 하느님께 다짐의 기도를 드려 본다.

하느님께서 나에게 주신 작은 휴식 같은 이 커피 향이 변하지 않고 더욱 오랫동안 지속될 수 있도록 더욱 끝없이 변화를 위해 노력하는 사람이 되어야겠다고 다짐해 본다. 추운 겨울이 춥게만 느껴지는 것은 마음의 허전함 속이 비어서 아무것도 없는 모양을 어떻게 달래야 하는지 시간이 필요하다. 나는 곧 정신을 차리고 생활에서 전 남편의 흔적을 지우려고 노력하면서 성당에 자주 나가 아이를 안고 기도를 드렸다.

밖은 세찬 바람이 불어 나뭇가지가 이리저리 부딪치는 요란한 소리가 들려온다. 나는 하느님과 긴 대화를 하고 차분히 아이를 업고 아무도 없는 빈 집에 돌아와 침대 위에 잠든 아이를 눕히고 어여쁜 얼굴에 뺨을 비빈다. 고사리 같은 손을 잡고 아빠의 역할까지 엄마가 맡아서 최선을 다해 밝고 맑게 잘 자랄 수 있는 환경을 만들어 주자라고 생각했다.

6. 태우다

　어느덧 봄이 찾아와 생활의 활력소가 되어 감정의 정리가 빨라서 일상이 순조롭게 진행되었다. 긍정적인 사고로 매사에 즐거운 마음을 갖고 순리대로 살다 보면 좋은 날이 올 것이라는 미소로 지구도 떠받고 일어설 수 있는 힘이 샘솟는 듯했다. 그래 기쁘게 살자는 것이다. 어떤 분은 내게 무슨 좋은 일이 있어 항상 웃는 얼굴이냐고 묻는다.

　나는 꼭 좋은 일이 있을 때만 기쁜 얼굴을 할 필요 없다고 생각한다. 기쁘게 살려고 노력하다 보면 결국 좋은 일도 생기고 슬픔에 잠겨 있는 사람에게 기쁨을 주려고 노력하는 것이 역시 기쁜 일이라고 받아들이고 있다. 세상에는 도무지 칭찬받을 일이라곤 없는 사람이 많지만 나는 그런 사람일수록 칭찬을 받아 본 적이 별로 없기 때문에 바른길을 가지 못했을지도 모른다고 짐작한다.

　칭찬해 주는 역할을 만들어 가는 것 그것이 가정과 사회를 밝게 하고 나 자신이 평화로울 수 있는 길이다. 또 옳은 일은 열심히 밀어붙이며 살자는 것이다. 하느님이 보시기에 밀어붙인다는 표현이 거슬릴지 모르지만 좋은 의미에서 밀어붙인다는 것은 활력을 가질 수 있고 효과적인 결과를 낳을 수 있다는 점에서 부정할 필요는 없다.

누군가에게 애타게 도와달라며 매달리고 싶어 주위를 둘러보지만 아무도 없을 때가 많다. 하지만 아무도 없다고 느끼는 그 순간에도 하느님은 늘 우리 곁에 계신다는 사실을 미처 깨닫지 못하고 살아가는 것 같다. 그건 아마도 매일매일 기도를 드리지 않기 때문이 아닐까.

우리는 하느님의 자녀들이고 기도는 하느님과의 대화이니까 도와달라는 내용뿐인 기도라도 괜찮지 않을까? 처음에는 온통 나만을 위한 이기적인 기도뿐이더라도 그 기도의 내용이 점점 타인을 위한 것으로 발전되어 가는 모습을 보신다면 오히려 대견해하고 기뻐해 주시지 않을까 생각한다.

나는 집을 중대형 아파트를 사서 방 세 칸짜리, 넓은 거실, 주방, 화장실도 두 개인 편하고 살기 좋은 곳으로 이사를 했다. 양육비가 나오긴 하지만 충분하게 주지를 않아 직업을 구해야겠다고 생각하고 있었다. 집 옆 잘 가꾸어 놓은 성당 앞마당에는 가지가지 꽃들이 만발하여 오고 가는 사람들의 발걸음과 시선을 끈다. 두 돌이 된 대연이가 걸음마를 하면서 말 배우는 귀엽고 이쁜 짓을 곧잘 하여 심심하지 않고 심각하게 생각하는 시간도 없이 물 흐르듯 일상이 펼쳐진다.

아이를 친구들과 어울려 놀면서 사회성을 기르기 위해 놀이방에 보냈다. 그리고 나는 일자리를 알아보려고 전에 다녔던 회사에 갔다.

"안녕하세요, 미스 정."

"오랜만이네요. 선배님."

"결혼할 때 보고 이제 보네요. 나 이혼했어요."

"예? 그렇게 됐어요? 무어라고 말씀드릴 수가 없네요."

"회사는 잘 돌아가요?"

"예, 대기업 협력업체로 미국에도 따라가서 회사 차렸어요. 사장님이 회장님으로, 아드님이 사장님으로 승진했어요."

"어머, 잘됐네요. 회사가 잘되니 기쁘네요."

마침 회장님 사무실에서 회의를 마치고 간부들이 나오고 있었다.

사장님이 나를 보고 그냥 지나치지 못하고 말을 했다.

"김서연 씨. 어쩐 일이야. 결혼해서 잘 살고 있는 줄 알았는데."

"이혼했어요. 일자리를 구하려고요."

"그래요. 그렇게 됐구만. 아가씨 하나가 결혼해서 사람을 구하려던 참인데. 김서연 씨가 출근해요."

"예? 사장님, 그래도 되는 거여요? 감사합니다."

나는 내일 이력서를 내고 모레부터 출근하기로 결정했다. 아파트 안에 자기 집에서 놀이방을 차린 아줌마에게 종일반을 부탁하기 위해 오전반이 끝날 때 맞추어서 갔었다. 아이를 잘 보아달라고 놀이방 선생님께 부탁하고 대연이를 안고 집으로 돌아와 애교 부리는 말을 하기에 너무 귀여웠다.

"엄마. 물."

"자, 마시고 있어. 엄마가 맵지 않은 떡볶이 해서 같이 먹자."

"예, 좋아요."

나는 냉장고에서 여러 가지 재료를 내서 아이 입맛에 맞는 떡볶이를 해서 같이 먹었다. 대기 불안정으로 소나기가 줄기차게 쏟아지는 광경을 바라보고 있었다. 비가 그친 뒤 무지개가 일곱빛 색깔로 찬란하게 떠 있어서 나는 그 무지개를 보면서 생각에 잠겼었다. 행복이 찾아오겠지 내 인생에도 좋은 시절이 꼭 올 것이라고 아니 그렇게 만들어서 노력하면서 잘 살 것이다.

사무실 밖에 있다가 안으로 들어가는데 대기업 영업과장인 봉재화 씨가 따라들어와 말을 한다.

"이삼 년 전에 결혼한다고 나오지 않았는데, 왜 나오게 됐어요?"

"왜 그런 걸 물어봐요."

"알고 지낸 지가 오래돼서 관심이 있으니까 그러지."

"결혼했다가 이혼했어요. 됐어요?"

"그래. 나도 이혼한 상태야."

대기업 협력업체이기 때문 대기업 영업과 과장으로 업무상 우리 회사에 자주 드나드는 사람이다. 연달아 폭염이 기승을 부리더니 한 줄기 바람이 불어온다. 아직 열기가 있는 열매가 익어 가기에 딱 좋은 온도를 제공하는데 가을이 온다는 기미가 조금은 엿보이는 기세이다. 햇볕은 뜨겁게 대지를 비춘다.

계절이 바뀌기 위해 들에다 바람을 놓고 남극의 뜨거운 햇볕을 조금만 더 내려주시어 알맹이가 영글어 가는 환경을 만들어 주소서. 아, 가을에는 아름다운 모국어로 시어를 읊을 수 있는 맑은 눈으로 살기 좋은 세상을 엮어 가게 하소서.

어떻게 살아 있는 호흡으로 나에게 맞는 열정적인 사람을 만나 나의 삶을 멋있게 변화할 수 있는 힘을 기르게 하소서. 청명한 하늘에 날개를 펴고 자유롭게 나르는 새들의 비행이 현실에서 나도 자유롭게 하고 싶은 꿈과 희망이 되어서 바람으로 다가왔다.

이 가을에 너무나 외로워 견딜 수 없는 고독으로 마음속 깊이 부르짖는다. 누구든지 나와 함께할 수 있는 남자가 그립다. 혼자 살기에 너무나 젊은 나이 나의 눈 속에는 엄마 아빠 손잡고 걸어가는 아이 이런 모습이 아른거린다.

제철 과일의 단맛이 물씬 익어 가는 냄새가 여기저기 풍긴다. 아이를 위해 시장을 돌아 성당의 성모상 벤치에 앉았다. 이렇게 일상에서 숨 쉴 수 있는 공간이 있어 참으로 다행이었다. 깔끔하게 국화 화분이 줄지어서 진열해 놓은 마당에 오고 가는 사람들이 성호를 긋고 축복을 주시라고 기도를 한다. 나도 오늘 무사히 보냈다고 예수님께 대화를 청한다. 이렇게 가을은 깊어만 간다.

조용한 밤 책상에 앉아 책을 본다. 외로움을 달래기 위한 방법은 좋아하는 책을 친구 삼아 자꾸 보면서 마음속으로 대화하는 것이다. 그렇게 자고 나면 멀쩡한 사람이 되어 회사에 출근한다. 아침에는 이파리에 맺혀 반짝반짝 빛이 나는 오색 찬란한 이슬을 보면서 힘이 샘솟는 듯 나의 생각을 고쳐서 다 잡는다. 그러자 세상은 울긋불긋 물이 들어 아름답게 변해 있었다. 단풍이 되는 것도 잠시 낙엽이 되어 하나둘 떨어지는 계절이 눈이 시리도록 아름다운지 외로움도 나에게는 사치인지 나 자신에게 물어보고 어떻게 살 것인가를 생각해 본다. 그러나 아무런 답이 보이지 않는다. 순간순간을 최선의 노력하면서 환경에 적응하는 수밖에 없다는 결론이다.

눈 내리는 장면을 보면 멋있다. 신기하다고 예전에는 좋아했었는데 지금은 현실적으로 돈 없는 서민들은 추워서 겨울을 어떻게 날 것인가를 걱정하는 사람이 되어 있었다. 주말이 되어 큰 마트에서 아이를 카트에 태우고 생활에 필요한 물건을 고르면서 시장을 보고 있었다.

"어머 봉재화 씨 시장 보러 왔어요?"

"혼자 사니까 라면, 햇반 간단히 해 먹을 수 있는 것 샀어요."

"우리 아들이에요. 인사해 대연아."

"안녕하세요, 아저씨."

"안녕, 엄마 따라왔구나. 똘똘하게 생겼네."

좋은 상품을 찾아서 카트에 담는데 계속 봉재화 씨는 따라다니며 거들었다. 계산대 앞에서 차례가 되어 계산을 하고 나는 배달시켰다.

"어디 가서 커피라도 한잔하면 어때요?"

"그래요."

나는 대연이 손을 잡고 봉재화 씨와 커피숍에 들어갔다.

"아메리카노 어때요? 여기 아메리카노 두 잔, 우유 한 잔 주세요."

"우유만은 팔지 않는데 아이에게 한 잔 갖다 드리겠습니다. 한 가족이에요? 보기 좋네요."

우리는 기분이 좋아져 하하 호호 웃으며 서로 보고 있었다. 오랜만에 유쾌한 시간을 보내고 이런저런 이야기를 나누었다. 마음에 담아 두었던 같은 처지에 놓여 있는 사람과 대화를 하고 나니 그동안 스트레스가 많이 쌓였는데 조금은 풀리는 듯했다. 집에 돌아와 보니 배달 물건은 문 앞에 놓여 있어서 현관문을 열고 들어와 냉장고에 차곡차곡 정리를 하였다.

봉재화 씨는 회사에서 업무상 얼굴을 자주 보는 편이라 많이 친근해지고 익숙해져 있었다. 그렇지만 상처가 있어서 서로 조심하고 다가가지 못하는 상태였다. 또 계절은 봄바람이 살랑살랑 불어오는데 여성의 치맛자락에 봄이 오는 신선함이 오롯이 담겨 있었다. 매년 맞이하는 봄인데 왜 이리 허전하고 쓸쓸한지 나 혼자라는 것이 외롭고 고독한 인생사가 구질

구질한지 모르겠다.

길옆 포장마차에서 안주를 시켜 놓고 소주잔에 술을 따른다. 현실을 잠시 잊기 위해 한 모금씩 죽 들이킨다. 한 병을 마시고 일어나서 계산을 하려고 할 때였다.

"김서연 씨 술 마시러 왔어? 내가 자주 다니는 포장마차인데 한잔 더 하자고."

"아니에요. 집에 가야 해요."

"이렇게 좋은 시절에 나 혼자라는 것이 너무 외로워요. 우리 서로 의지하고 살자고요."

"술을 마시기 전에 취하셨네요. 아직은 생각할 여유가 없네요."

"그래, 아들한테 가 보요. 엄마 기다릴 텐데."

"예. 그럼."

나는 그곳에서 나와 빠른 걸음으로 집에 돌아왔다. 창문을 열자 꽃향기가 흘러 들어와 기분이 좋은 밤이다. 모두가 잠든 세상에 달님이 방긋 얼굴을 내밀어 소곤거린다. 나는 이 밤에 홀로 시를 읊는다.

외로울수록 책을 본다. 친구가 되어 앞길에 행운이 온다고 긍정적인 사고로 실력을 갈고닦기 위한 시간으로 오래도록 불을 밝힌다. 그리고 내일을 위해 잠자리에 든다. 아침에는 도심에서 보기 드물게 조그마한 숲이 우거진 곳이 집 가까이에 있어 새들이 지저귄다. 그 아름다운 소리에 깨어나서 출근을 위해 단장을 한다.

폭염으로 기승을 부리던 때가 꺾이고 어느덧 더웠던 날들이 지나가고 시원한 바람이 불어온다. 훌쩍 지나서 지금은 벌써 계절은 가을로 접어들어 가는 듯 아침저녁은 시원하지만 한낮에는 늦더위가 남아 시원한 그늘에서 오수의 잠이 쏟아진다. 간밤에는 잠을 이루지 못했는데 본능에 대한 욕망이 꿈틀거리는 것은 어쩔 수 없는 것인가 보다. 육체에 욕정이 젊다는 이유로 지배를 하려 한다.

갑 속에 든 칼 같은 이성으로 맞서서 잠재우다. 적은 돈으로 혼자서도 술 마시기 좋은 포장마차에 쓸쓸하게 앉아 있는데 마침 봉재화 씨와 마주쳤다.

"혼자서 마시면 재미없어요. 같이 자리합시다."

"그래요. 술잔 하나 더 주세요. 안주도 더 주시고."

서로 소주를 마시고 따르면서 아픔이 같은 비슷한 점을 발견하고서 많이 친해졌다.

"오늘은 그만합시다. 세 병째 마셨는데 다음에도 술친구 해요."

많이 취하지는 않았는데 그래도 대화 상대가 있어서 살아가는 데 숨통이 트인 것 같은 느낌이 들었다.

"내가 계산할게요. 얼마죠?"

"아니에요. 봉재화 씨."

"자, 가요. 집에까지 바래다 드릴게요."

얼떨결에 봉재화 씨가 집에까지 따라왔다.

"커피 한 잔 주실래요? 여기까지 왔는데."

"그래요. 들어와요. 커피 마시고 돌아가세요."

커피물을 커피포트에 받아서 코드에 꽂고 달달한 봉지 커피를 커피잔에 부어서 물이 끓자 따랐다. 거실에 커피 향기가 피어났다. 이야기하면서 한 모금씩 식혀서 마셨다.

"우리 아들 놀이방에 데리러 가야 해요. 우리 아파트 단지 내 있어서 다행이네요. 돌아가세요."

"그래요. 그럼 다음에 봐요."

봉재화 씨가 간 뒤 아들을 데리고 와 침대 눕히고 재웠다. 나는 밤새 욕정으로 잠을 이루지 못하고 괴로워했다. 몸이 원하는 것을 하지 못하는 참을 인 자를 마음에 새기고 또 새겼다. 스산한 바람이 언뜻언뜻 부는 가을 텅 빈 듯한 느낌으로 안전감이 들지 않고 한쪽 구석이 시려 왔다.

사랑받는 여자이고 싶다. 다들 가정이 있어 행복해 보이는데 평범하게 살고 싶은데 왜 나에게는 그런 것들이 어려운지. 그러던 어느 토요일 저녁 아이에게 동화책을 읽어 주고 있었다. 대연이가 피곤했던지 엄마 졸리다고 해서 아이 방 침대에 누워 낯익은 노래로 잘 때까지 재워 주었다. 그리고 거실에 나와 의자에 앉아 있었는데 초인종이 울렸다.

"누구세요?"

"나요. 김서연 씨. 문 열어 봐요." 현관문을 열고 말했다.

"봉재화… 아니 어쩐 일이세요. 이 밤에."

술이 얼큰하게 취해서 소주 몇 병을 사 들고 서 있었다.

"우리 술 마셔요. 싱글인데 누가 뭐라고 할 사람 없잖아요. 기분이 좋아질 때까지 취해 봅시다."

"술이 취하셨는데… 아무튼 들어오세요."

거실 바닥에 조그마한 상을 펴고 김치를 안주 삼아 주거니 받거니 곤드레만드레 취할 대로 많이 취해서 자기도 모르게 안방으로 들어가 열기가 달아올라서 옷을 벗고 밤새 사랑을 불태웠다. 그동안 허기를 채우느라고 시간이 많이 걸렸다. 아주 진하게 새벽녘에까지 태우고 또 태웠다.

날이 밝을 무렵 깨어나니 우리는 애정 행위의 파트너가 되었다는 것을 알고는 처음도 아닌데 자연스럽게 일어나 술국을 끓이고 밥을 해서 식탁에 앉아 아이도 깨어나 셋이서 오붓하게 밥을 먹었다. 후식으로 커피도 마시면서 지그시 눈을 감았다 떴다 하면서 말했다.

"우리 한집에서 살자고요. 우리가 서로 원하잖아."

나는 아무 말도 하지 않고 있는데 좋다는 뜻으로 받아들였는지 아예 자기가 있었던 원룸으로 가서 가방에 짐을 싸 가지고 집에서 같이 살자고 들어와 버렸다. 이렇게 봉재화 씨는 두 번째 남자가 되었는데 어딘가 모르게 안정감이 들지 않았다. 정이 들어 살다 보면 좋은 날이 오겠지 막연하게 기대를 걸었다.

그런대로 아빠 노릇을 해 주는 것처럼 보였다. 회사에서도 다 알게 되어 숨기지 않고 떳떳하게 살자고 말했다. 열정으로 후끈후끈 달아올랐던 가을이 가고 지금은 겨울로 접어들어 크리스마스 성탄절이 다가온다. 우리는 터미널 옆 상가에서 크리스마스트리를 만들 수 있는 여러 가지 재료를 사 가지고 승용차에 싣고 집 앞에서 내렸다.

거실 안으로 옮기고 트리를 세우고 눈 솜, 은 종, 풍선도 불어서 매달아 놓고 산타클로스 모양의 인형도 매달았다. 대연이가 너무 좋아서 어쩔 줄을 모르고 말했다.

"아저씨가 우리 아빠였으면 좋겠다."

"그래 대연아. 아빠야 아빠라고 불러 봐."

"아저씨, 그래도 돼요? 아빠."

"그럼. 그럼. 아빠지."

봉재화 씨는 말꼬리를 흐리면서 무슨 생각을 하는 것처럼 보였다. 아무튼 처음으로 아이와 셋이서 기분 좋은 한때를 보냈다. 대연이는 엄마 아빠에게 카드를 사서 크레파스로 예쁜 그림을 그려 넣고 크리스마스 축하합니다 글을 따라 쓰고 봉투에 담아서 선물을 했다.

나는 가족이라는 것이 이런 거로구나 하고 너무나 짧았던 한때를 잠시 행복했던 기분으로 기억이 되었다. 글쓴이가 되기 위해서 체험을 몸소 한 것이라 여겨졌다. 무지개가 아름다운 것은 일곱 가지 색깔이 조화를 이루기 때문이다. 사람마다 생각과 취향이 다르지만 서로 다른 사람들이 잘 화합하고 조화를 이루면 무지개처럼 아름다운 가정이 된다. 하느님은 우리가 화목한 가정을 이루기를 바라신다.

부모가 자기 자식들이 화목하게 살기를 원하는 것처럼 말이다. 하지만 서로간 화합과 조화를 이루기는 참 어려운 것이다. 더 가지려는 욕심, 더 나아 보이려는 욕심, 더 높아지려는 욕심 때문이다. 개인만이 아니라 계층과 집단 나라 사이에도 욕심 때문에 마음이 갈라져 서로 대립하며 다투기를 반복한다. 우리나라에 짙게 드리운 갈등과 대립의 먹구름은 좀처럼 걷힐 기미가 보이지 않고 있다.

남과 북의 갈등과 다툼은 말할 것도 없고 대한민국 안에서도 생각과 신념의 소유와 세대 차이로 벌어진 골이 점점 깊어지고 있다. 갈등과 다툼에서 나온 험한 말과 거친 행동은 사회를 더욱 어둡게 만들고 사람들의 마음을 갈라놓는다.

하느님은 흩어진 것을 모으시는 분이시다. 하느님께로 돌아서서 마음을 다하고 정신을 다하여 그분의 말씀을 들으면 우리를 하나로 다시 모아들일 것이다. 흩어진 것을 모으시는 하느님은 우리의 협력을 원하신다. 우리는 불가능을 가능하게 하시는 그분께 주님 흩어진 당신 백성을 모으소서 하고 기도를 한다.

그런 믿음과 함께 우리의 말과 행동을 바꿔야 한다. 모든 원한과 격분과 분노와 폭언과 중상을 온갖 악의와 함께 버리고 서로 너그럽게 대하고 서로 용서해야 한다는 점을 깨달아서 행동해야 한다고 생각한다.

이러한 좋은 말씀을 듣고 추운 겨울을 보내는 우리는 너무 따뜻한 한 해였던 것으로 느끼고 먼저 하느님을 찾아와서 무릎 꿇고 서로 사랑하게 하소서 하고 다시 기도한다. 나는 생명을 잉태하였다. 지금의 남편과 연결할 수 있는 끈은 자식이 있어야 떠나지 않고 온전한 가정을 이룰 수 있다고 생각이 되어서 임신을 했다. 그런데 임신했다고 말했는데 그다지 기뻐하지도 않고 무덤덤했었다. 대기업 영업과 과장이라 술 마시는 기회가 많았다.

나는 자연스럽게 가정에 충실하기 위해 다시 다른 아가씨가 채용이 되었고 회사를 그만두었다. 산 너머 남촌에는 누가 있기에 봄바람 속에 꽃향기가 숨어서 불어오는 것인가 해마다 이맘때면 생각하고 느껴 보는 것이지만 아이를 갖고서 맞이하는 새봄이 이토록 새록새록 신비스러운지 거울을 보고 고웁게 화장을 하고서 엄마 아빠 손을 잡은 세 식구가 태어날 아이를 위해 필요한 쇼핑을 한다.

나는 아무것도 생각하고 싶지 않다. 지금 이 순간이 영원히 지속될 수 있도록 하느님께 간절한 기도를 하였다. 가족 한 명이 늘어나면 내가 염려하는 것들이 사라지고 탄탄한 내일이 펼쳐지기를 기원하고 있었다.

7. 불행

그렇게 세상 살기가 만만하지는 않았다. 나의 생각대로 무엇이든지 좋은 뜻으로 일이 진행되지 않아서 힘이 들었다.

나는 어려움에 부딪쳤을 때 그것을 극복하는 방법을 하나 알게 되었다. 아무것도 하지 않고 잠시 그것으로부터 멀어져 있었다. 골칫거리로부터 거리를 두고 떠나 있는 것은 실질적으로 아무것도 해결해 주지 않지만 적어도 다시 시작할 용기, 다시 문제의 핵심으로 뛰어들 수 있는 용기를 주곤 한다. 불행한 현 세상에서 하느님의 초대와 축복은 우리 삶의 원동력이 된다. 이 초대가 자신에게 주어진 것임을 깨닫기 위해 기도를 하고 우리 안에서 일어나는 영의 움직임을 분별해 주는 것이 매우 중요한 일이다.

또 겸손해지기 위해 나 자신을 낮추려고 노력하기보다는 기도 중에 우리를 무조건 사랑하고 용서해 주는 주님을 자주 만나면 그분의 사랑으로 살고자 하는 의욕이 일어난다. 실제로 예수님을 보여 주는 가난한 사람을 만날 때 그들이 우리를 기쁘게 만나 주는 것에서 주님의 사랑을 느끼게 된다. 이렇게 주님의 사랑을 체험하고 나누는 삶을 통해 존재의 의미를 깨닫고 겸손해지는 자신을 발견한다.

첫째가 꼴찌가 되고 꼴찌가 첫째가 된다. 우리가 살아가면서 자주 경험하는 사실이다. 한 번은 동쪽으로 뛰다가 서쪽으로 뛰려면 꼴찌가 첫째가 되고, 첫째가 꼴찌가 된다. 역전은 운동 경기에서만이 아니라 삶의 현실에서도 자주 일어난다.

나에게 주신 사람들 하나하나 오는 사람, 가는 사람, 다른 사람을 위해 고통을 겪는 사람, 실수에도 불구하고 이 세상의 진보와 하느님 나라의 도래를 믿고 진리와 빛을 향해 열정적으로 희생하고 봉사하는 사람들, 이름조차 알 수 없는 인류 전체. 이 하루 동안 더욱 작아질 모든 것들. 오늘 죽음을 맞이하게 될 것들. 특히 첫째가 될 꼴찌와 꼴찌가 될 첫째들, 이런 사람들을 기억하고 자비를 빌면서 기도한다. 나의 인생이 앞으로 어떻게 흘러갈 것인가 생각할 겨를도 없이 배 속의 아기는 무럭무럭 자라 출산이 가까워졌다.

이번에는 엄마가 올라오셔서 뒷바라지를 해 주기로 했었다. 한더위가 물러가고 코스모스가 한두 송이 필 무렵 엄마가 오셨다.

"엄마가 오니까 마음이 편하고 좋아요."

"서연아 미안하다. 힘이 되어 주지 못해서."

"엄마, 내가 미안해. 마음 아프게 해서 말이야."

드디어 때가 되어 가까운 산부인과에서 둘째 아들을 낳고 지금은 퇴원해서 몸조리를 집에서 하고 있는 중이다. 나는 안방 침대에 누워 있고 옆 아기 침대에 아기가 누워 있었다. 아기는 세상 모르게 새근새근 잠을 자고 엄마는 앉아서 나를 보면서 말을 하였다.

"아기 이름은 어떻게 지을 거니?"

"큰애 때도 내가 지었는데, 작은아이도 내가 지을 거야. 생각을 많이 해서 어울리는 이름을 지어 줄 거여요."

"그래."

"막 떠올랐어요. 봉서재, 내 이름 한 자와 봉재화 씨 이름 한 자를 따서 봉 서재. 엄마 내가 어려서부터 책을 좋아했었고 글쓰기를 좋아했잖아요. 그래서 그 일을 해 보고 싶어요 나이에도 관계없이 하고 싶을 때 남녀 구별도 없고 학벌도 관계없어서 좋아요. 더구나 정년도 없이 죽을 때까지 할 수 있으니까."

"너가 하고 싶은 것 하고 살아. 너가 행복하면 엄마도 행복해."

재화 씨는 회사에서 돌아와 아이를 안아 보고 좋아는 했지만 얼굴 한구석에서는 어두운 빛이 보였다. 아이를 호적에 올리기 위해 혼인신고도 같이 해야겠다고 말했다. 엄마는 산후 뒷바라지를 하고 이 주가 되었을 때 이제는 나 혼자서도 잘할 수 있다고 집을 오래 비워 남자들 셋이서 어떻게 해결하는지 내려가도 된다는 말에 더 있으려고 했었다. 그래도 엄마를 내려보냈다.

집 안에서 아이들을 돌보기가 힘들었지만 힘든 줄 모르게 아이들이 잘 자라 주어서 너무 기쁘고 하루가 빨리 지나갔다. 유모차 두 개가 붙어 있는 편리한 것을 사서 아이 둘을 태우고 다녔다. 어느덧 도심 속에도 단풍이 들어가는 계절이 되었다. 온도가 덥지도 춥지도 않은 가을바람 피부에 닿은 촉감이 좋아 큰아이가 놀이방에서 돌아온 뒤 유모차를 태우고 외출을 한다. 성당 앞마당에 노오란 은행잎이 우수수 떨어져 있었다. 고사리 같은 작은 손으로 은행잎을 주우면서 웃는다.

"엄마, 뭐야?"

"은행잎이 물이 들어 떨어진 거야. 이쁘지?"

"많이 많이 모으자. 재미있다 엄마."

작은아이는 유모차 안에서 자고 큰아이와 함께 웃는 미소에 모든 시름 날려 보내는 좋았던 한때를 즐기고 있었다. 집에 돌아오자 아기가 깨어서 젖을 먹이고 간식도 챙겨 먹였다. 이렇게 하루가 지나가는데 재화 씨는 퇴근시간이 어떻게 지나가는 줄도 모르게 곤드레만드레 술에 취해 늦게 들어와 옷을 벗지도 않고 침대에 누워 자 버렸다.

아이가 태어난 뒤부터 가정적이지 않고 밖으로 돌았다. 늦게 들어와 취한 상태에서 울기도 하고 외로워서 몸부림쳤다. 나는 어떻게 해야 할 줄 모르고 달래 주려고 노력을 했었다. 빨리 마음 잡기를 바랐는데 계속 늦게 들어왔다. 겨우내 셋이서 보내고 재화 씨는 토요일, 일요일에는 잠을 자기 때문 가족이 다 같이 어울리는 시간은 거의 없었다. 언제나 가정의 평화가 오나 기다리고 기다렸다.

그런데 우리의 바람대로 재화 씨는 되지 않고 일이 딴 방향으로 흘러갔다. 우리의 문제는 어디에서 풀어야 할지 몰랐고 남의 자식이 아빠라고 부르는 것에 대한 부적응 상태, 첫 자식을 잊지 못한 데서 비롯된 것이었다. 일찍 들어와 달라고 아웅다웅 싸우는 가운데 봄이 가려는지 오월 어느 무더운 날 아이들은 자고 재화 씨를 기다리는데 밤새 들어오지 않았다.

이틀 밤을 새우고 일요일 밤에 들어왔다. 겉옷을 벗는데 와이셔츠에 루즈 자국이 묻어 있었고 여자 향수 냄새가 진동했었다.

"우리 서로 위해 주고 살자고 했잖아요. 왜 밖으로 돌아요. 누구 냄새여요. 아이도 낳고 했는데 왜 바람을 피워요. 뭐라고 말 좀 해 봐요. 왜 이래야만 하는데요."

"나는 나쁜 사람이요. 나를 믿지 말아요."

"대화를 하자구요. 무엇이 불만인데요."

"나 하고 싶은 대로 놔둬요. 처음부터 이런 것이 아니었는데."

처음부터 시작하는 것이 아니라고 후회를 하고 있었다. 나는 또 다른 번뇌와 그에 따른 고민과 갈등으로 괴로웠다. 이렇게 싸우고 깊은 잠에 빠져 버렸다. 나는 옷을 벗기고 양발을 벗겨 놓고 잠자리가 편하도록 해 주었다. 그리고 그 옆에서 한숨을 쉬고 우두커니 앉아 있었다. 아침에 늦게 일어나서 밥을 먹지도 않고 아무 말도 하지 않고서 출근했다.

계속 늦게 들어오고 관심을 보이지 않아 말이 갈수록 줄었다. 상황이 심각하게 돌아갔다. 여름휴가 때만 해도 견딜 만했는데 이렇게 살아야 하나 행복하게 살려고 재혼했는데 생활에 회의가 왔다. 어떻게 해야 편해지나 너무 힘들었다.

얼떨결에 더운 여름이 가려고 시원한 바람이 불어올 때였다. 사랑받는 여자이고 싶은 갈망에 목말라했다. 그런데 세상은 나의 마음을 모른 체 외면하곤 저 멀리 사라지는 꿈속에서 헤매는 불행한 여자로 남아 있었다. 재화 씨가 회사 일로 중국에 출장을 일주일 갔다 온다고 말을 하는 것이 아니라 통보를 했다.

나는 회사일이라고 해서 일요일 밤 여행용 가방에 짐을 차곡차곡 챙기는데 기분이 불안하고 썩 좋지가 않았다. 무슨 일이 일어날 것 같은 불길한 예감이 들었다. 월요일 아침 일찍 떠나는데 아파트 경비실 앞까지 나와 배웅했다.

그런데 다시는 돌아오지 않을 것 같은 비장한 얼굴로 보였다. 일주일 집을 비우는데 아이를 안아 주지도 않고 냉정한 얼굴에 미소가 없어 두려운 마음으로 숨을 죽이고 지켜보고 있었다. 잘 다녀오세요 인사말밖에는 할 수 없었다. 재화 씨가 보이지 않을 때까지 뒷모습이 사라지자 집으로 들어왔다. 성모님이 당신의 사명과 역할에 충실하신 것처럼 우리도 각자의 사명과 역할에 충실해야겠다.

우리에게 주어진 아버지로서, 자녀로서, 직장인으로서, 사명과 역할에 성실하게 임해야 한다. 각자의 사명과 역할에 맞게, 답게 살아가야 한다. 이것이 이 시대를 살아가는 우리들이 하느님의 힘에 의지하여 복음을 위한 고난에 동참하는 모습이다. 우리 안에 머무르는 성령께서 우리의 도움이 되실 것이라 믿는다. 또한 성모님께서 우리가 성숙하고 성실한 신앙인으로 살아갈 수 있도록 기도로써 청해 주실 것이다.

한 주간 동안 우리의 사명과 역할에 걸맞은 삶을 생각하며 조마조마한 마음으로 애들 아빠가 무사히 돌아오기를 바랐다. 계절을 바꾸기 위한 준비를 자연스럽게 기상이 한다. 낮에는 늦더위가 남아 있으나 아침저녁으로 시원한 바람이 불어와 길게만 느껴지는 시간이 간다. 중국 출장에서 토요일에 돌아왔을 거라고 생각하고 있는데 집에 들어오지 않아 기다리고 있었다.

늦은 밤 전화벨이 울렸다.

"여보세요."

"나는 봉재화 씨 애인이에요. 중국을 같이 가서 즐기다가 온 사람인데 뭐 할 말 없어요? 이제는 당신을 사랑하지 않아요. 나하고 새출발할 것이요. 헤어져요."

"너는 누구인데 헤어지라 마라 하냐. 앞뒤가 맞지 않게 왜 그런 말을 해요? 우리에겐 아기가 있어요."

"아기가 있으면 뭣해요. 이미 마음은 떠났는데."

"아기 아빠 어디 있어요?"

"지금 나하고 있어요."

"전화 바꿔 주세요."

"안 받는대요. 집에 들어가기도 싫대요. 그러니까 물러나요."

"그렇게는 못하겠다. 술집 여자하고 잘될 것 같으냐. 한순간이다."

"뭐 상황 판단을 못 하냐. 후처라면서요."

"우리는 법적으로 부부야. 너 함부로 나서지 마라."

나는 참을 수 없는 격한 감정으로 전화를 끊었다. 밤새 잠을 이룰 수 없어 이런 생각 저런 생각으로 뜬눈으로 보냈다. 다음 날 밤 재화 씨가 집에 들어와 다투었다.

"왜 집에 들어오지 않고 다른 여자가 전화하게 만들어요. 속이 상하게 왜 그러는데요."

"상관하지 마. 술집 여자야. 신경 쓸 필요 없어."

"우리에게 아이가 있는데 가정에 소홀히 하는데 이유가 있을 것 아니에요. 속 시원하게 말해 봐요."

"우리는 시작하지 말아야 했는데. 내가 잘못 생각했어요. 그런 것이 아니었는데. 지금 후회하고 있어."

화해를 하지도 않고 냉랭한 분위기로 보내는 심정이 답답했다. 스산한 바람에 머리카락이 나부낀다. 어느 사이 가정이 원만하게 돌아가지 않는 가운데 세상은 단풍이 들어 곱게 물이 든 나무 이파리가 아름다웠다. 재화 씨와 어떤 여자가 핸드폰으로 전화하는 것을 들었다.

"무슨 전화인데 그래요."

"왜 남의 전화를 엿듣고 그래."

"들리는데 나더러 어쩌라고."

"전 부인, 큰애 엄마한테서 만나자고 한다."

"무엇 때문인데요."

"너는 알 필요 없어 여행 갔다 올 거야."

연휴가 있는 시월 초 2박 3일로 설악산에 갔다 온다고 그렇게 가지 말라고 하는 것을 뿌리치고 끝내 여행을 떠났다. 그냥 바람으로 끝나지 않고 살림을 합칠지도 모른다는 생각에 긴장이 되고 마음이 조마조마하는데 기다릴 수밖에 없었다.

해가 질 무렵 전화가 왔다.

"당신이에요? 들어오지 않고 왜 전화를 해요."

"난데. 본부인이 다시 살자고 해서 살려고."

"당신, 생각 분명히 해요. 나는 본부인이 자리를 내놓으라고 하면 내놓아야 하는 사람이어요. 나를 그렇게만 보았어요."

"너는 나에게 최선이 아니라 차선일 뿐이야. 그렇게 알아."

일방적으로 자기 말만 하고 차가운 분위기로 썰렁하게 끊었다. 나는 두 번째 남자에게도 버림을 받았다. 스트레스가 쌓이고 쌓여서 내가 살아남아야 아이들을 돌볼 수 있기 때문 화를 풀 수 있는 방법을 찾기 시작했다. 담담한 마음을 이성으로 다스리기 위해 애를 썼다.

이제는 남을 위해서가 아니라 나 자신을 위해 나를 먼저 생각하고 사랑하여야겠다. 나를 사랑하지 못하면서 어떻게 남을 사랑할 수 있다는 것인가 하고 깨달았다. 상처받은 마음을 어떻게 할 수가 없어 체념을 하고 있는데 전화가 왔다. 세 여자가 만나 매듭지어야 할 일이 있으니 만나자는 것이다. 한 남자에 여자 셋이서 갈등을 겪고 있었다.

조용한 찻집에 약속 시간 맞추어서 나갔다. 탁자를 사이에 두고 이쪽 저쪽 앉아서 말을 꺼냈다.

"봉재화 씨와 나는 본남편 본부인이었다. 사랑을 하여 결혼하였고 어쩌다가 이혼을 했었다. 우리에게는 아이도 있고 아이가 아빠를 몹시 찾는다. 나도 이혼한 것을 깊이 반성하고 다시 합쳐서 살기로 결정했다. 모두 물러나 주기를 바라요."

"우리는 같은 상처가 있어서 서로 이해하고 살림을 합쳐 아이까지 낳았다. 그런데 이제 와서 다짜고짜 헤어지라고?"

"어쩔 수 없다. 내가 우선 먼저다."

"그런 경우가 어디 있느냐. 못하겠다."

"내가 둘보다 더 사랑해. 나밖에 없다고 했다."

"그 말을 믿느냐. 잠시 즐기려고 꼬드긴 것을."

"그러면 어쩔 셈이냐."

서로 자기가 옳다고 나와 산다고 옥신각신 말로 다투었다. 한 치의 양보가 없고 여행 갔다 본처 집에서 꼼짝하지 않았다.

"성격이 다르고 자라 온 환경이 달라서 한 번 실수를 했는데 다시 합의를 해서 노력하면서 맞추어 가며 살기로 했다. 보상을 해 주겠다. 김서연 씨는 결혼한 경험이 있으니 아이 양육비만 얼마씩 주기로 하고, 피슬기 씨는 돈 얼마 정도 줄 수 있다. 잘 생각해서 판단해. 안 그러면 국물도 없으니까. 봉재화 씨는 나와 같은 회사에 다녀. 너희들이 방해해도 끄떡없어."

"나는 돈만 많으면 된다고 말했어."

"나는 아이가 있지만 봉재화 씨 말을 들어 보고 결정하겠다."

그런 뒤 찻집에서 나와 착잡한 심정으로 집에 돌아왔다. 마지막 낙엽이

지고 가을이 말없이 가는가 보다 바람 소리만 멀리서 들릴 뿐 쓸쓸한 거리에서 뒤돌아 보지도 않고서 을씨년스러운 날씨 잿빛 하늘가에 눈이 올 것 같은 느낌이다. 첫눈이 내리면 누군가를 만난다는 말이 있는데 나는 반대로 이별을 해야 한다는 슬픈 감정에 빠져 있었다.

봉재화 씨는 어느 날 와서 자기 옷가지를 가방에 싸 들고 돌이 지난 아이를 한 번 안아 보고서 이제 오지 않는다고 잡지 말라고 말하면서 그냥 떠나 버렸다. 나를 어둠의 골짜기로 내몰던 사람들을 용서하려고 노력했다. 그렇지만 마음 한구석에 원한의 뿌리가 있는 것을 발견할 수 있었다. 초기에는 용서가 쉽지 않았다.

그러나 기도 속에 주님은 용서가 힘든 근본적 이유는 나 자신이 얼마나 용서받아야 할 사람인지를 모르는 데 있었다. 나를 공격했던 사람, 등을 돌린 사람, 돌을 던진 사람, 죄를 뒤집어 씌우려던 사람 그들 모두를 용서하고 기도하라 그러면 나도 용서받을 것이다. 나를 지극히 사랑하시는 주님은 용서의 주님이시다.

우리의 죄를 죄대로 벌하지 아니하시는 주님이시다라는 마음을 주셨다. 다른 사람을 용서한다는 것은 결국 나 자신을 용서하는 것이었음을 이제야 깨달을 수 있었다. 예수님께서 가르쳐 주신 주님의 기도를 음미하며 따라간다면 하느님의 꿈이 우리의 삶에서 이루어질 것이다. 또한 자신이 하느님의 사랑과 용서를 받고 있다는 확신을 갖게 된다. 예수님과 함께 살아가며 하느님의 꿈이 이루어져 삶이 어려움도 기쁨도 솔직하게 말씀드리게 된다.

그리하여 주님의 꿈을 사는 우리는 주님이 주시는 기쁜 삶, 은혜의 삶을 서로 나누면서 살아갈 수 있는 것이다. 예수님은 우리에게 평화를 선물로 주시는 분이다. 어쩌면 돈처럼 지극히 세속적인 것들을 이용해서 우리에게 평화를 주실 수도 있다고 생각했다. 그런데 그 생각에 빠져들다 보면 평화를 청하는 가운데 곧잘 평화를 위해 돈 문제를 해결해 줄 것을 기도하게 된다.

그러나 기도 안에서 목적이 뒤바뀌어서 평화의 근원이신 주님보다 재물을 먼저 청하고 있다면 그래서 우리가 얻을 평화의 근원이 주님이 아닌 재물로 옮겨 간다면 그것은 이미 하느님의 성전이 되어 살아가야 할 우리 안에 나쁜 우상을 세운 것이다.

그리고 우리는 그 우상 앞에서 우리를 평화롭게 해 달라고 빌게 된다. 그렇게 자기중심에 재물이 놓인 이들은 자기 삶을 재물로 평가하고 하느님의 힘도 재물로 평가된다. 내 것은 내 것이고 이 모두가 내가 해 놓은 업적이라고 말하게 된다. 그러나 하느님을 중심에 모신 사람은 내 삶조차 하느님 것이고 지금의 내 모든 것도 하느님께서 주신 것이지 내 것이 아니라고 말하고 감사 기도를 한다.

언제든 없어질 수 있고 그것을 쓰는 것도 내 뜻에 맞추어서가 아니라 하느님의 뜻에 맞추어야 한다고 생각한다. 이런 마음으로 살아가고 기꺼이 남을 도울 수 있다면 우리는 하느님 앞에서 부유해지고 자신의 영혼을 진정으로 돌보게 된다. 결국 자기 곳간을 채우면서 평화로워지는 것이 아니라 정당함이라는 탈을 쓰고 있는 탐욕조차도 넘어서야만 우리는 진정 평화로워진다고 생각하고 있다.

안심할 만큼 재물을 얻어야 오는 거짓 평화와 주님께서 주신 것이니 주신 만큼 누리고 그분 쓰시고 싶은 데에 쓰게 해 드리면서 얻는 참 평화 우리 발걸음은 그 둘 중 어디를 향하고 있는지 마음을 다잡기 위해 오랫동안 묵상을 했다.

겨울의 문턱을 넘어서기 위한 바람이 세차게 불어온다. 너무나 힘든 한 해를 보내고 정리를 해야 할 때 그래도 소중한 아이들과 살기 위해서 성당에 자주 가서 기도하는 시간을 가졌다. 나는 누구를 원망하고 미워하기보다는 내가 부족하니 하느님께서 채워 주시라고 시련이 너무 가혹하니 이제 거두시고 축복으로 충만한 삶을 살게 해 주시기를 바라는 기도를 드렸다.

크리스마스가 다가온다. 쓸쓸한 집 안 거실에 크리스마스트리를 만들어서 장식해 놓았다. 세 식구가 적응하면서 살아갈 수밖에 없었다. 큰아이가 만 다섯 살, 작은아이가 만으로 한 살인데 엄마의 손길이 필요로 할 때에 아빠의 빈자리는 어떻게 해야 되나.

흰 눈이 펑펑 내리는 화이트 크리스마스이브가 되어서 모두가 들뜬 분위기에 캐럴송이 방송에서 흘러나왔다. 아이들도 응접세트 자리에 앉아서 보고 있었는데 오늘만은 아무것도 생각하지 않고 함께 웃고 싶었다. 이 고통이 환희의 순간으로 변해 온누리에 반짝이는 빛이 되어 환한 마음으로 따뜻한 세상을 받들고 살아갈 수 있게 하소서.

8. 헤어지다

현실 생활 속에서 마음을 다스리기 위해 많은 노력을 해 왔다. 인간인 우리가 이 세상을 살아가면서 존재의 의미를 느끼고 두려움 없는 삶을 살기 위해서는 어떠한 태도에 임해야 하나. 인간은 스스로 하느님 나라를 실현할 수 없고 구세주이신 예수님의 사랑과 십자가의 신비를 통해서만 하느님의 뜻을 실현하는 삶에 동참할 수 있다.

그래서 우리는 매일 우리에게 십자가 사랑의 신비를 체험할 수 있게 한 그분의 현존을 느끼면서 경험하며 살아가야 한다. 예수님께서 주시는 성령으로 충만하고 사랑을 실천하는 삶을 살아가야 한다고 생각한다. 그렇지 않으면 부자가 처한 멸망의 상황에 처하게 될 것이다. 예수님께서 이루신 하느님 나라는 이미 이 세상에 이루어졌고 지금도 이루어지고 있는 중이다.

우리가 하느님의 나라를 맛보고 우리의 삶에 이루어지는 것을 깨달으려면 신앙의 체험이 이미 이루어졌음을 확인해야 한다. 우리가 가난하고 어려운 사람들을 관대하게 대하고 그들과 나누는 삶을 살기 위해서 십자가 길에서 하느님께 신앙을 고백하듯 우리도 하느님 나라에서 예수님의 사랑을 체험함과 동시에 그 사랑을 고백해야 한다.

살다 보면 사회 전체적으로나 개인적으로 나오는 것은 한숨과 탄식이며 밀려오는 것은 오직 고통과 절망인 때가 있다. 그러나 그런 순간에도 하느님께 대한 믿음을 내려놓아서는 안 된다. 그 어둠이 빛으로 바뀔 것이라는 흐릿한 안개가 맑고 뚜렷해질 것이라는 그러한 희망을 간직해야 한다. 하느님께서 좋은 길로 이끌어 주시리라 믿고 희망을 가져야 한다. 하느님의 뜻이 이루어지기를 인내로 기다릴 수 있는 사람, 바로 그런 사람이 믿음을 간직한 성숙한 신앙인으로 거듭나야 살기 좋은 세상이 될 것이라고 깊이 생각해 보았다.

재화 씨가 떠나고 괴로웠던 마음을 정리하기에 힘이 들었던 시간이 지나자 새로운 것을 꿈꾸기 시작했다. 회사 다니는 것이 내 적성에 맞지 않는다는 것을 늦었지만 다시 깨달았다. 아주 어렸을 적부터 내가 좋아하는 것이 있었는데, 먹고살기에 바빠서 잊고 마음 한구석에서 잠자고 있었다. 지금 땅속에서는 생명이 움트기 위해 매서운 추위를 이겨 내기에 적합한 온도를 제공하고 있었다.

쌓인 눈이 녹으면서 물 흐르는 소리가 졸졸졸 흘러내렸다. 서른세 번째 맞이하는 봄이 새롭게 왔다. 모든 것을 새롭게 시작하는 마음으로 신선한 봄에 꿈과 희망을 심게 되는 산뜻한 기분이 되었다. 남자에게 선택받아 버림을 받았는데 이제는 내가 좋아하는 사람을 선택하여 사랑받으면서 한평생 같이 살아야겠다. 아이가 둘인데 남자를 만날 수 있을까 좋은 사람이 생길까 하는 생각이 들어 자신감이 없었다. 상처받은 마음을 치유받을 수 있는 그런 기회를 주시라고 기도를 열심히 할 수밖에 없었다.

봄바람이 살랑살랑 불어왔다. 작년에 갔던 남쪽 나라 제비가 다시 찾아와 날아다니며 인사를 한다. 엄마가 핸드폰으로 전화를 했다.

"서연아, 엄마야. 아이들 잘 자라니? 엄마는 네가 좋은 일이 빨리 왔으면 좋겠다."

"엄마, 나는 항상 엄마에게 미안한 생각만 들어. 나에게도 좋은 날이 오겠지. 모든 것을 긍정적으로만 생각하기로 했어."

"서연아, 진수 결혼하게 됐어. 아이들 데리고 잘 내려와."

"엄마, 그래. 축하해 주어야지."

엄마에게 전화를 받고 한결 기분이 좋아졌다. 나뭇가지에 떡잎 눈이 보이더니 작은 이파리가 자라서 나온다. 따뜻한 봄 햇살이 온누리에 비추어 이파리에 맺힌 이슬방울이 오색찬란하게 반짝거렸다. 봄의 꽃들이 차례대로 피어나기 시작하는 신천지가 눈앞에 펼쳐져 마음을 새롭게 정화시켰다.

신이여 모든 것을 새롭게 하소서 이제는 나 자신을 사랑하며 지나간 실수를 하지 않도록 좋은 사람을 나에게 보내 주소서 겸손한 자세로 누구를 원망하기보다는 앞으로 살아갈 많은 날들을 추억으로 채워서 평생을 의지하고 같이 갈 수 있는 좋은 동반자를 만날 수 있기를 원하옵나이다. 사월 둘째 주 토요일 나는 아이들과 셋이서 광주행 고속버스를 탔다. 차창 밖에 보이는 시골 전경은 참으로 포근한 모습이었다.

오랜만에 들과 산의 나무들 그 사이의 집들을 바라보면서 세상은 변함없이 의연한데 그동안 속세에 때묻어 있는 나 자신을 어떻게 할 수 없었던 나약함을 발견하였다. 오랜만에 친척들이 모여서 결혼식 전날 밤은 잔치 분위기에 떠들썩거렸다. 푸짐한 음식에 술 한 잔씩 나누면서 마셨다. 그다음 날 식순대로 무사히 결혼식 폐백이 끝나고 신혼여행 간다고 문 앞에서 인사를 했다.

"신부가 너무 예쁘다. 진수야 신부를 사랑하고, 올케 행복하게 아들딸 낳고 잘 살어."

"누나 고마워."

"어머님 아버님, 신혼여행 잘 다녀오겠습니다."

"그래. 좋은 꿈 꾸고 좋은 시간 보내고 오너라."

신랑 신부가 승용차에 오르자 떠나는 모습을 다들 지켜보았다. 그리고 나는 엄마 아버지에게 서울에 곧바로 올라간다고 말했다.

"얼마 만에 왔는데 그냥 올라간다고 그래."

"엄마, 대연이 유치원 가야 돼. 엄마, 미안해. 이렇게 살아서."

"그게 니 잘못이니. 운이 안 좋았던 거야. 아직 젊은데 좋은 사람 나타날 거야. 그땐 남의 눈치 보지 말고 꼭 잡아. 알았지."

현수가 고속터미널까지 승용차로 바래다주어 고속버스에 오르는 것을 보고 손을 흔들어 잘 가라고 하자 애들도 고사리 같은 손을 흔들었다. 나는 일하기 위해 회사에 다니는 것을 마음속으로 접기로 했다. 대부분 시간을 아이들과 놀아 주고 남은 시간은 책을 가까이하면서 평화롭게 보내고 있었다.

큰아이가 유치원에서 돌아온 뒤 오후에는 아파트 안에 있는 놀이터에서 또래 친구들과 동생들이 어울려서 노는 모습을 지켜보면서 사회성을 중요하게 생각했었다. 금세 봄이 가는지 한낮에는 더운 느낌이 들었다. 습도가 없어서 피부에 닿는 시원한 바람은 기분을 좋게 하였다. 핸드폰 번호를 누르고 신호벨 소리에 엄마가 받는다.

"엄마 잘 계셨어요. 요즘 별일이 없죠? 새 며느리 들어와서 재미있어요?

집안 분위기가 좋아졌지요?"

"그래, 서연아. 아들 결혼시켜서 서운한 것보다 얻어지는 것이 많아 기분이 좋다. 웃음꽃이 피어나 화목하지."

"새사람을 결혼 때 보고 얼굴 익히고 친해질 시간이 없는데 장마철 끝나고 휴가를 같이 내서 올라와요. 집 식구들이 모여 좋은 시간으로 추억을 만들자고요."

"그런 생각을 했어? 기특하구나. 상의해 보고 올라가도록 스케줄을 짜보나."

"그래요. 다음에 연락할게요. 들어가세요."

아이들이 실컷 놀았는지 배가 고프다고 과자 달라고 한다.

"얘들아, 집에 가서 맛있는 것 먹자."

"예, 올라가요."

집에 들어가 아이들 간식을 챙겨 주고 달달한 믹스커피 한 잔을 음미하면서 마셔 본다. 향기가 거실 안에 퍼져 나가 좋은 커피 냄새로 진동을 한다. 어느 사이 장마철이 끝나고 땡볕 더위가 기승을 부리는 8월 초 휴가를 맞추어 서울로 온 식구들이 올라왔다. 오랜만에 말소리로 시끌벅적 잔칫집처럼 음식 만드는 냄새가 풍기고 사람 사는 집이 되었다.

시원한 거실에 선풍기가 돌아가고 가운데 큰상을 펴서 가득 음식을 접시에 담아 먹음직스럽게 차려 놓았다. 직각형 긴 상에 이쪽에는 아버지, 아들 둘 저쪽에는 엄마와 며느리 둘 가운데 나, 아이들 앉아서 젓가락을 든다.

"자 먹자. 우리 가족이 다 모였다. 우리 손자들 맛있게 먹어."

"예. 할머니, 할아버지, 삼촌."

"올케 결혼 때 보고 작은 올케는 결혼식을 올려야지. 다들 어디서 만났어. 너무 사이가 좋아. 보기에 기분도 마음도 좋다."

"우리 부부는 같은 중학교 교사야 누나. 첫눈에 반했지."

"우리도 하남공단 사내커플이야."

그동안 이야기를 나누며 휴가 스케줄도 계획을 세웠다.

"내년에는 정년퇴직하니까 능력이 될 때 현수 결혼식을 올려야겠다. 당신이 알아서 진행해요."

"그래야죠. 퇴직하면 올 손님도 안 와요. 그동안 축의금 부조금이 많이 나갔는데. 우리는 서민인데 받아야죠."

"여기 집에서 이틀 밤 쉬었다가 서해안 해수욕장에 모래찜질하러 가요. 다들 어때?"

"좋아요. 4박 5일 재미있게 놀다 집에 가서 쉬다가 출근하지."

나의 제안에 동생들, 부모님 모두 찬성했다. 이글이글 타는 태양이 지려고 석양에 노을이 일렁거리는 장면은 아파트 높은 층에 살면서 볼 수 있었던 것들이었다. 음식을 먹고 출출해지자 시원한 수박을 잘라서 한 조각씩 달콤한 속살이 너무 맛있었다. 이런저런 이야기를 밤늦게까지 하다가 거실에 누워서 잠을 자고 여자들은 안방에서 편하게 잤다.

이렇게 휴가를 멋있게 보내고 나니 시원한 바람 한 줄기가 베란다에서 불어와 더위는 한풀 꺾였다. 복사열이 올라오지 않아 집이 제법 시원했다. 뜨락에는 한낮의 태양볕에 식물들이 시들시들 더위를 먹었다. 이제는 계절이 바뀌려는지 신께서는 들에다 바람을 놓고 나는 가만히 시어를 읊으면서 남쪽 나라의 햇볕을 더욱 받고 있다.

단맛의 향기는 열매가 영글어 가면서 품어 나오고 알맹이와 쭉정이를 골라내어 하느님께 드리는 추수감사절로 가을 내내 이어지는 아름다운 시절이 눈앞에 와 있었다. 나는 아이들과 추억을 새기기 위해 김밥, 유부초밥, 주먹밥을 만들어 소풍 가기로 준비를 하고 있었다.

유치원이 쉬는 날이어서 대연이와 서재가 말을 형에게 배워 제법 따라 하는데 너무 귀여워 웃는 날이 많았다. 아빠 없이 자라는 빈자리를 채워 줄 사람이 그리웠다. 한두 번 실수했으면 세 번째는 결혼에 성공하고 싶다는 마음이 강했다.

"얘들아, 공원에 놀러 가자."

"야 신난다. 엄마 가자."

유모차에 서재를 태우고 밑에 음식과 돗자리를 싣고 옆에 대연이가 따라와 기분 좋은 외출이 되었다. 공원 문 앞에서 나들이 나온 우리를 우연히 만난 도세훈 씨와 인사를 하면서 말을 건넨다.

"안녕하세요 도세훈 씨. 공원에 산책 오셨어요."

"휴일이어도 같이 놀아 줄 아이들이 없어 기분 전환으로 나왔어요."

도세훈 씨는 내가 다녔던 회사에 근무하는 탈북자이었다.

"가족이 없어 울적하니까 우리하고 놀아요."

"그래도 돼요? 아이들아, 아저씨와 놀까?"

"예, 좋아요. 공원에 들어가요."

넓은 공원을 몇 바퀴 거닐면서 아이들과 친해지기 위해 노력했다. 놀이터 옆 나무 밑에 돗자리를 깔고 둘러앉았다. 나뭇가지에 매달린 이파리에는 한 잎 두 잎 물이 들기 시작했다. 맛있게 싸 온 밥을 꺼내어 앞에 내놓고 자리를 같이 하였다.

"자, 드셔 보세요. 도세훈 씨."

나무젓가락을 건네며 한 입 드시라고 권했다.

"먹을 것을 보면 우리 아이들이 생각나서 목에 걸려요. 맛이 좋아요. 북한은 먹을 것이 귀해서 먹고살기가 너무 힘들어요."

천천히 먹으면서 이야기를 나누었다.

"가족들하고는 어떻게 헤어지고 혼자 왔어요."

"아들 둘은 굶어서 죽었고 부인은 죽었는지 살았는지 알 수가 없어요. 그때 나는 중국으로 돈 벌러 간다고 북한에 없었어요. 그런 소식을 듣고 중국에서 한국으로 와 대한민국 품에 안겨 먹고살 걱정을 안 하고 사는데 자꾸 가족 생각이 나서요."

"그랬군요 아픈 상처가 있었네요. 우리 가족같이 지내요."

"그래도 되는 거여요?"

"그럼요. 얘들아, 아빠 대신 아저씨가 좋아 그래."

"야 그렇게 하자. 엄마, 아저씨."

"얘들아, 고마워. 똑똑하다."

깊은 가을로 향해 가는데 시원한 가을바람 한 점이 쉬어 간다. 놀이터에서 재미있게 웃고 놀다가 집으로 돌아갈 때 도세훈 씨에게 아파트 주소를 가르쳐 주고 집에 놀러와 외로움을 달래기 위해 가족처럼 지내자고 약속했다. 낙엽이 우수수 떨어지는 계절이 우리 곁에 왔다. 성당 앞마당에 유모차를 타고 와서 아이들과 빨강, 노랑 단풍잎을 모아 뿌리면서 놀고 있었다.

향긋한 자판기 커피를 뽑아서 한 모금씩 마시고 낙엽과 인생, 낭만주의에 대해 생각해 보았다. 나뭇잎이 떨어진 곳에 찬바람이 불어와 기온이 영하로 떨어진다. 이제는 겨울로 들어가기 위해 준비를 한다. 밤에는 나뭇가지들이 윙윙 소리를 내며 이리저리 요란스럽게 흔들려 귓가에 맴돌며 멀리 사라진다. 서민들이 추위를 견디기에 힘든 언제나 이맘때면 어려운 시기가 우리 곁에 찾아왔다.

핸드폰으로 전화를 해서 아저씨가 집에 찾아와 크리스마스트리를 만들면서 아이들은 재미있어하고 신이 나 아저씨를 좋아하였다. 이런 분위기에 우리는 익숙해졌다. 아빠가 없는 빈자리를 채워 주고 역할을 해 주니 너무 고마웠다. 오늘은 크리스마스이브 세계 사람들이 모두 좋아하고 축하하는 날.

우리도 뜻깊은 해라고 아저씨 도세훈 씨를 초대했다. 좋은 날에는 뭐니 뭐니 해도 맛있는 음식이 빠질 수 없었다. 거실에는 반짝반짝 빛이 나는 작은 전구를 장식해 놓아 조명으로 안정감이 있는 듯 보이고 식탁에 맛 좋은 피자, 김밥, 케이크, 과일 등이 차려져 가운데 하고 넷이서 의자에 앉았다. 케이크에 촛불을 켰다. 예수님 해피 버스데이 노래가 끝나고 입으로 불었다.

"자, 한 조각씩 접시에 담아 줄 테니까 손으로 잡고 먹어."

아저씨 먼저 드리고 아이들도 먹으면서 맛있다고 콜라도 한 잔씩 따라서 돌렸다. 김밥, 케이크도 곁들어서 맛이 어우러졌다.

"이런 좋은 날 함께하는 것은 처음이어요. 명절 같은 기분이 드네요. 초대해 주어서 고마워요."

"쓸쓸하게 보내지 말고 우리 집에 자주 와서 아이들과 놀아 줘요."

"아저씨 아빠같이 좋아요. 맛있는 것 많이 먹어요."

"나도 아저씨가 좋아."

큰아이 작은아이도 아저씨를 좋아하고 따랐다. 다들 아빠가 있는데 우리도 아빠 같은 아저씨가 생겼다고 기분 좋은 밤을 보내다가 밤 미사에 나가 축하하는 의미로 참석하자고 했다. 이야기를 나누면서 배가 든든하게 음식을 먹은 후 거실 응접실에 나란히 앉아 크리스마스이브 분위기에 맞게 텔레비전에서 캐럴송이 나오는 프로를 보고 있었다.

부드러운 멜로디가 집 안 가득히 온 세상으로 울려 퍼졌다. 밤이 깊어갈 무렵 아이들은 잠이 달아났는지 눈이 초롱초롱 빛나고 성당에 따라 간다고 앞장섰다. 손에 손을 잡고 성당 안에 아이들과 같이 미사 볼 수 있는 방에 들어갔는데 몇몇 어린이들이 엄마 아빠와 같이 있었다. 우리도 가족이 함께 있어서 기쁜 밤이 되었다.

고요한 밤 거룩한 밤 온 세상이 잠든 밤 예수님이 태어났었다. 온 인류를 위해 빛과 소금으로 인간이 되어 오신 예수님의 탄생을 다시 한번 진심으로 축하했다. 메리 크리스마스 축하합니다. 서로 평화의 인사를 나누고 두 시간 동안 성탄 밤 미사를 보는데 참지 못하고 작은아이는 아저씨 품 속에서 잠이 들었다. 성당 문 앞에서 형제자매님들이 우리의 전통음식인 떡을 나누면서 덕담을 건네고 집으로 돌아왔다.

"세훈 씨, 너무 늦었는데 아이들과 같이 방에서 자고 내일 쉬는데 많이 놀다 가세요. 집에 가도 아무도 없잖아요."

"아저씨, 우리 방에서 같이 자요. 응?"

"그래도 될까요?"

"우리는 가족이에요."

현관문을 열고 아이들 방 침대에 작은아이를 편하게 눕히고 목욕탕 세면대에서 양치질을 한 뒤 늦은 밤 잠을 청했다. 인간이 인간답게 존중받고 사랑받는 세상을 위하여 이 세상에 오셨고 그것을 위해 사시다가 권력자들과 기득권 세력들에게 미움을 받고 십자가 죽음을 당하신 그 예수님을 우리는 기다리면서 그분의 삶을 살도록 초대받고 있다고 생각했다.

우리가 살면서 하느님께 무엇인가를 청하는 기도를 드릴 때 즉시 들어지지 않을 때가 더 많다는 것을 체험으로 알 수 있다. 무엇이 문제일까 이유는 어쩌면 우리가 청하는 것이 바른 것이 아닐 수도 있다. 우리가 바라고 있는 것이 하느님께서 보실 때에는 우리에게 좋은 것이 아니라 좋은 것처럼 보일 뿐 오히려 해롭거나 더 좋지 않은 것일 수도 있다고 생각한다.

지금이 아니라 다른 때가 우리에게 적절한 때이거나 혹은 당장 들어주시는 것이 아니라 여러 번 간청케 함으로써 우리의 신앙과 삶의 자세가 좀 더 정화되기를 바라는 것일 수도 있다. 이렇게 여러 차례 간청하는 동안 우리 스스로의 가난함과 보잘것없음 하느님의 도움 없이는 아무것도 아니라는 것을 더 깊이 깨닫게 하려는 단련의 뜻이 들어 있을 것이다. 살다 보면 사회 전체적으로나 개인적으로 나오는 것은 긴 한숨과 탄식이요 오직 고통과 절망인 때가 있다.

주님 당신께서 듣지 않으시는데 내가 언제까지 살려 달라고 부르짖어야 하냐고 원망의 속내를 드러내고 싶을 때도 있다. 그런 순간에도 하느님께 대한 믿음을 내려놓아서는 안된다. 그 어둠이 빛으로 바뀔 것이라는 흐릿한 안개가 맑고 뚜렷해질 것이라는 그러한 희망을 간직하고 살아야 된다.

하느님의 뜻이 이루어지기를 인내로 기다릴 수 있는 사람이 바로 성숙한 신앙인이라고 할 수 있을 것이다. 성모님께서 당신의 사명과 역할에 충실하신 것처럼 우리도 각자의 사명과 역할에 충실해야 한다. 감사하는 마음으로 산다는 것은 하느님을 사랑한다는 것이다. 어떤 상황에서도 하느님께서 자신을 사랑하신다는 믿음에서 나오는 것이다.

이러한 믿음으로 나는 인생의 온갖 시련과 고통 속에서도 감사하는 마음을 잃지 않고 살도록 최선의 노력을 다할 것이다. 어떻게 살아갈 것인가에 대해서 나 자신을 돌아보며 반성하는 시간을 갖고 긍정적인 사고로 모든 일에 임하면 언제인가는 밝고 좋은 날이 올 것이라고 묵상에 잠겼다.

가장 추운 정월에는 외출하지 않고 거실 앞 베란다 유리창에서 서울 시가지를 바라본다. 눈이나 비가 오는 날 밖을 보면서 내가 꿈꾸는 것에 대해 구체적으로 생각하면서 마음속에 '하고 싶다. 실천에 옮기자.' 되새기는 기회를 다시금 갖곤 한다. 새해가 되면 다짐하곤 하는 글쓰기가 하루아침에 이루어지는 것이 아니기에 한 줄 한 줄 쓰여 가는 과정이 너무 아름답게 다가와 새로운 내면을 가꾸어 간다.

세찬 눈보라 속에서도 꼭 잡고 가야 하는 가족이 있기에 행복하다. 같이 할 수 있기 때문 가장 소중한 사람을 인생길에 있어서 만날 수 있게 도와주신 하느님께 다시 감사하고 사랑으로 감싸안을 수 있는 울타리가 되어 주어서 또한 감사하다.

9. 배려

산과 들에 훈훈한 바람이 불어오고 우리 동네에도 따뜻한 마음을 가진 사람들이 살고 있어 참으로 위로가 되었다. 북한에서 살 수가 없어 먹고 살기 위해 목숨을 걸고 탈북한 사람, 외롭게 사는데 손을 내밀어 우리 가족이 되자고 먼저 청하였다.

아직은 춥지만 때가 되면 어김없이 찾아오는 봄. 반가울 따름이다. 차가운 땅속은 생명을 틔우기 위해 추위를 잘 이겨 내는 힘이 생겨나는 신비가 숨겨져 있다는 것을 발견하게 된다. 우리는 자랑스런 역사와 전통을 잘 지켜 나가 오늘의 대한민국 사회에 빛과 희망이 되기를 바란다.

한국 사람들이 이 사회의 모든 영역에서 정신적 쇄신을 가져오는 풍성한 힘이 되기를 바란다. 올바른 정신적 가치와 문화를 짓누르는 물질주의의 유혹에 맞서 그리고 이기주의와 분열을 일으키는 무한 경쟁의 사조에 맞서 싸우기를 바란다.

새로운 형태의 가난을 만들어 내고 노동자들을 소외시키는 비인간적인 경제 모델들을 거부하기를 바란다. 집이라는 곳은 우리 모두에게 평화를 평안함을 가져다준다. 사람이 태어나 한평생 살다가 죽어 하늘로 돌아가기까지의 인생 여정이 한 사람 삶의 여행이라면 우리에게 참 평안을 주는 집은 영원한 생명을 누릴 하늘나라라고 생각한다. 우리의 삶은 하느님께로부터 와서 하늘로 돌아가는 여행이기 때문. 어디에서 와서 어디로 어떻게 가고 있는지 우리의 여정을 돌보아야 한다.

우리를 사랑하시고 은혜를 베푸시어 영원한 위로와 희망을 주신다. 하느님께 온전히 의탁하며 영원한 집으로 향하고 있는 우리의 인생 여행을 아름답게 가꾸어 나가야 한다. '아름다운 이 세상 소풍 끝나는 날 가서 아름다웠더라 말하리라'라고 읊은 어느 시인을 생각하는 시간을 가져 본다.

새봄이 되어 큰아이 대연이가 초등학교에 입학을 한다. 주말에 학교 갈 준비를 위해서 아저씨랑 넷이서 쇼핑을 간다. 택시를 타고 백화점 앞에서 내려 안으로 들어간다. 진열해 놓은 아동복을 골라 아이에게 입혀 보고 동생 서재도 예쁜 옷을 선물로 샀다. 애들이 옷도 샀으니까 맛있는 피자를 먹자고 해서 한쪽에 있는 피자가게로 들어가 앉았다.

피자, 콜라를 시키자 차례가 되어 나왔다. 먼저 접시에 아저씨 한쪽 손으로 집어서 대연이와 서재에게 나누어 주고 나도 한 입 먹으면서 즐거운 대화에 신이 나서 모두 웃는 얼굴 행복하게 엔도르핀이 솟는 느낌으로 좋았다. 오는 길에 가방집에 들러 책가방을 사고 문방구에서 노트, 연필, 필통 등 필요한 물품 사서 책가방에 넣고 대연이가 너무 좋아 껑충껑충 뛰는 모습이 귀여웠다.

드디어 삼월 초 넓은 운동장에 아이들이 줄을 서서 학부모님들의 축하를 받고 선생님들의 말씀을 듣고 입학식을 거행했다. 나의 아들의 입학에 아빠의 빈자리를 채워 주고 함께 시간을 같이 해 준 도세훈 씨의 배려에 깊은 감동을 받았다. 이 사람은 하느님이 나에게 우리 아이들에게 보내 주신 고마운 분이라고 깨닫게 되는 순간 세상은 살 만하구나 누구를 원망하고 미워하는 마음이 봄눈처럼 녹아서 없어졌다. 파란 새싹이 터져 나오는 이 시기에 미래의 주인공이 될 어린이들이 동요를 부르는 재롱에 세상 시름 날려 보냈다.

봄바람이 살랑살랑 여자의 치맛자락으로 불어온다. 봄처녀 재오실 때 색동옷을 입으셨네 콧노래로 가곡을 부른다. 꽃가마 가슴에 안고 봄을 찾아오셨네. 나의 엄마 시대를 생각해 본다. 내가 초등학교에 입학할 때에는 엄마는 집 밖에 잘 나가지 않고 집안일이 많아 일하기에 바빴고 돌아가신 할아버지가 따라다니셨던 기억이 난다. 할아버지는 서당에 다니셨기 때문에 시조를 잘 읊으셨다. 나는 어렸을 적 뜻도 모르면서 할아버지를 따라서 했고 유치원이 없었던 시절에 가갸거겨구규그기 한글을 깨우쳐 주신 분을 생각해 보았다.

우리 할아버지는 조선시대 말기에 태어나서 나라를 빼앗겼던 일제 36년 이 시대에 독립운동을 하셨다. 1945년 8월 15일 해방되어 좌익 우익 갈라져서 1950년 6월 25일 탱크를 몰고 북한이 남한을 침략했다. 근대화에 이어 민주화, 산업화가 가장 빠른 시기에 이루어져 우리나라는 눈부신 발전을 거듭하였다.

이 과정에서 민주화 운동권이었던 나는 할아버지, 아버지의 가르침에 높은 뜻을 이루기 위해 다시 거듭나려고 노력하고 있다. 우리 아이들에게도 독립운동가 후손이라는 점을 강조하면서 나라를 사랑하는 애국심을 자연스럽게 습득하도록 가르치고 있다. 학교에 따라다니며 학부모회의, 급식한다고 바쁘게 보냈었다.

목련 꽃이 우아하게 얼굴을 내밀었다. 순식간에 벚꽃도 피었다. 가지가

지 꽃들이 만발한 공원의 상큼한 꽃향기가 날아왔다. 지난가을에 나들이 했던 기억이 나 봄이 되어 가족이 놀러 왔다 꽃들이 피어 있는 주위에 파아란 이파리가 돋아서 아름다웠다. 갈수록 날씨가 따뜻하고 활동하기 좋은 계절이 전개되었다. 봄비가 내려 청아하고 맑은 공기를 마음껏 마시는 즐거움이 새록새록 살아나 요즘에는 기분이 날아갈 듯 좋았다.

나는 생각에 잠겼다. 목련 꽃 그늘 아래서 《베르테르의 편지》를 읽는다. 학창 시절에 배운 노랫말처럼 답장이 올지도 모를 여학교 때 친구들에게 먼저 편지를 써 본다. 그때는 다시 올 수 없지만, 행복했던 시간이 적었기 때문 너무 간절한, 보고 싶은 그 얼굴들 삶이 바쁘게 흘러도 잊을 수 없는 친구들. 지금은 무엇을 하고 있을까 하고 감상에 젖어 있었다.

꽃 피는 사월 꿈을 꾸다 현실로 깨어 보니 계절의 여왕인 오월로 접어들었다. 행사가 유난히 많은 가정의 달이기도 했다. 엄마에게 핸드폰으로 안부 전화를 드렸다.

"엄마, 나여요. 건강하시죠. 집에 별일 없어요?"

"아직은 아픈 데 없이 건강하다. 아이들 잘 크지?"

"그럼요. 남자친구가 생겼어요. 아이들하고 잘 놀아 줘요."

"다행이구나. 아직 젊은데. 오월 셋째 주 일요일날 현수 결혼한다. 그때 그 아가씨하고. 너 내려올 때 그 사람이랑 애들이랑 한 가족이 되어서 오면 너무 좋겠구나."

"엄마, 그렇게 말해서 상의해 가지고 되도록 긍정적으로 해 볼게요. 집 안에 경사났다."

"그래, 기다리고 있겠다. 끊어."

시원한 바람 한 줄기가 통화를 하고 나자 불어왔다. 상큼한 장미꽃 향기가 실려 있어서 기분이 말할 수 없이 나아졌다. 동생들 둘이 부모님 곁에 있어서 든든한데 내가 불효를 하고 있는 것 같아서 짐이 무겁게 느껴졌었다. 세훈 씨에게 자연스럽게 이야기를 꺼내자 당연히 참석하자고 말을 해서 너무나 고마웠다.

드디어 결혼식 전날 토요일, 우리는 광주행 고속버스를 나란히 네 개의 좌석에 앉아서 친정으로 향하고 있었다. 차창 밖에서 보이는 짙은 녹색으로 변한 싱그러운 세상은 우리 가족을 따뜻하게 감싸 주는 것 같았다. 한낮에는 더운 듯한 온도에 맞추어 반팔로 깨끗한 옷차림을 하고 휴게소에서 아이스크림 커피도 사서 마시기도 했다.

이런 기회가 있어서 아이들이 우리 아빠였으면 하는 예쁜 마음을 엿볼수가 있었다. 광주 고속터미널에 도착해서 택시를 타고 다소 상기된 얼굴로 문 앞에서 내려 집으로 들어갔다. 현관이 유리로 되어 있어서 아이들이 부르는 소리가 들렸는지 거실에 엄마 아버지가 계셨는데 맨발로 나와서 반겨 주었다.

"할머니, 할아버지. 안녕하세요."

"어서 오너라, 내 새끼들."

"엄마, 아버지. 내가 말한 도세훈 씨에요."

"그냥 앉아요. 어려운 걸음 했네요. 편하게 생각해요."

부모님께 큰절을 하고 말했다.

"말씀 잘 들어서 뵙고 싶었습니다. 말 내리세요. 이렇게 반갑게 맞이해주시니 대단히 감사합니다."

큰동생 내외도 와서 인사를 나누고 올케는 배가 불러 있었다.

"시장하겠다. 상 차리자. 큰상 펴라."

음식 냄새로 식욕을 자극한 먹음직스럽게 접시에 가득 한상 차려졌다. 아버지는 웃기만 하시고 말씀이 없었다.

"음식이 맛이 좋습니다. 이런 푸짐한 상은 처음입니다. 이렇게 부족한 사람을 환영해 주시니 고맙습니다."

먹으면서 아이들, 어른들 말소리에 잔칫집 분위기가 물씬 풍겨 나와 밤늦게까지 이어졌다. 다음 날 화창한 봄날 순서대로 결혼식을 무사히 마치고 폐백까지 집안사람들과 가족이 되었다는 첫인사를 나누고 서울로 올라왔다. 이제 날씨는 더워지는 느낌이다. 아직은 바람이 시원하게 불어온다. 어느 무덥던 날 봄꽃은 지고 이파리만 무성한 나무숲이 울창하게 우거지는 초여름이 금세 왔다.

사방은 뜨거운 햇볕이 내리쬐는데 습기가 없어 온도가 높아도 그리 덥지 않은 피부에 닿는 촉감이 시원하다. 아이들이 학교와 놀이방에서 돌아오기 전 밥을 오이고추 된장에 찍어서 혼자 먹는다. 그렇지만 이제 외롭지 않다. 세훈 씨가 우리 가족을 지켜 주기 때문 생각만 하면 마음이 든든하다. 아이들이 올 시간에 맞추어 아파트 앞에서 기다리고 있다.

이렇게 일상생활을 하면서 장마철 기간에 여름방학이 가까워졌다. 세훈 씨는 회사에 근무하다 주말이면 집에 놀러 왔다. 아이들이 아저씨가 오면 좋아하고 따랐다.

"세훈 씨, 휴가 때 서해안 갯벌에 조개 잡으러 가면 어때요?"

"그래요. 바닷바람이 더 시원해요. 아이들과 친해지기 위해 추억을 새기러 갑시다. 좋아요."

아이들도 신이 나서 그날을 손꼽아 기다렸다. 중소기업이라 휴가를 가는 게 아니라 사원 모두 7월 말에서 8월 초 일주일간 회사가 쉬는 날이다.

드디어 우리는 서해안 바닷가 모텔에 와서 짐을 풀고 있었다. 준비를 해서 놀다가 바닷물이 빠질 때가 되자 넓은 갯벌에서 구멍을 뚫린 곳에 소금을 뿌리자 짠 바닷물인 줄 알고 조개가 얼굴을 내밀자 그냥 잡아올려서 그릇에 담았다. 너무 재미있어 몇 시간이 지나 모아 보니 제법 많았다.

옷에 갯벌이 묻고 얼굴에 흙이 묻어 서로 바라보고 장난치면서 재미있게 놀다가 숙소에 돌아와 조개를 해감한 후 구워서 초장에 찍어 먹었다. 밥을 해서 가지고 온 반찬에 조개와 같이 배가 고팠던지 맛있게 다 먹은 후 이틀 밤을 자고서 집으로 돌아왔다. 무더운 더위가 아직 기승을 부리는데 시원한 바람 한 줄기가 거실로 불어와 땀을 식혀 준다. 몸이 나른해지고 피곤함이 몰려와 오수의 잠이 쏟아진다. 약 한 시간 잠을 자는데 아이들의 노는 소리에 다시 깬다.

커피물을 올려놓아 물이 끓자 믹스커피 봉지를 잘라서 컵에 붓고 물을 따른다. 커피 향기가 거실 안에 퍼져 후각, 미각으로 달달한 맛을 음미하면서 오늘 신문을 펴서 읽기 시작한다. 그리고 일 년이 훌쩍 지나갔다. 바쁘게 아이들에게 신경 쓰면서 여전히 도세훈 씨와 자연스럽게 친하게 지냈다.

지금은 1995년 가을로 향해 가는 계절이 바뀌는 시간이 되어 아침저녁은 시원하고 한낮에는 더위가 남아 있었다. 나는 전철을 타고 수원을 지나 병점에서 내려 오산 들녘에 와 있다. 너르나 넓은 들판에 벼가 누렇게 익어 가 황금물결을 이룬다. 참새들이 날아와 벼를 쪼아 먹는다. 예전에는 수확을 위해 허수아비 빈 깡통 줄을 쳐 놓아 참새를 쫓았는데 지금은 벼를 많이 추수하기 때문 그냥 너도 먹고 살아라 그렇게 생각한다.

확 트인 시야 마음도 확 트여서 스트레스가 날아간다. 이맘때면 길가에

한 송이 두 송이 피어나는 코스모스가 바람에 하늘하늘 흔들리면서 사람들의 시선을 끌었다. 코스모스 옆에 핀 들꽃 누가 보아 주지 않아도 은은한 향기가 가득 생명력이 강해서 해마다 피어 있는 모습을 보려고 다녀오곤 한다.

맑은 공기를 마음껏 들이마시고 시골 전경을 눈에 담아 본다. 너무나 아름다운 대한민국을 사랑한다. 신이여 익어 가는 열매들을 위해 남국의 뜨거운 햇볕을 내려 주시고 들에다 바람을 놓아 농부들이 일할 수 있게 환경을 만들어 주소서. 과일이 짙은 단맛으로 스며들게 하소서. 카페에 앉아서 커피 한잔을 음미하면서 가을을 감상한다. 이 가을에 사랑을 하게 하시고 아름다운 모국어로 시어를 읊을 수 있는 여유를 갖고 맑은 눈으로 대화를 통해 삶을 실천하는 여인이 되고 싶다는 생각을 한다.

한 모금씩 마시는 은은하게 피어나는 아메리카노 커피 향기처럼 문학에 대한 열정이 엮어 가는 이야기 속으로 스며들기를 바란다. 나는 풍성한 가을을 누리를 자유를 만끽하고 언론, 출판의 자유가 풀리는 날이 올 것이라는 판단으로 나의 재주를 갈고닦기를 게을리하지 않고 그날을 위해 준비를 하는 데 시간을 투자한다.

한편 정치권에서는 김영삼 대통령의 금융실명제를 실시하면서 검은 돈의 정체를 밝히기 위해 모든 것을 파헤치기 시작했다. 대학만 들어가면 데모를 하던 학생들은 조용해져서 이상하다고 느끼면서도 국내 정세가 어떻게 돌아가는지 촉각을 곤두세우고 있었다. 아홉 시만 되면 뉴스를 빼먹지 않고 보기도 했다.

가을 단풍은 예년처럼 녹색 이파리가 채색이 되어 여러 가지 고운 빛깔로 물이 들었다. 그런데 전직 대통령의 비자금 각각 2,000억이 밝혀져서 세상을 깜짝 놀라게 했던 사건이었다. 그 뒤 한 달 만에 광주사태 진상 규명이 이루어져 국가내란죄로 소환이 되어 감옥으로 보내져 후에 전직 대통령 예우 차원으로 풀려나오게 된 그 유명한 광주사태 이모저모였다.

우리는 남북 관계 개선도 중요하지만 더욱 중요한 것은 동서 화해에 앞장서서 갈등을 해소시켜 대통합을 이루는 것에 있다. 우리는 하나이다. 누구도 우리를 갈라놓을 수 없다고 생각한다. 전국이 시끄럽고 뒤숭숭한 한 해였지만 나는 현실로 돌아와 글쓰기를 본격적으로 시작하는 계기가 되었다. 그때 그 시절을 생각하면서 가슴에 묻어 두었던 이야기를 하나씩 꺼내어 참여문학을 했었다. 언제나 이맘때면 낙엽이 우수수 바람 소리에 떨어진다.

허전한 마음을 채우기 위해 군청색 바바리를 입고 시내를 돌아다니는 데 시간을 보낸다. 나는 어느 카페에 앉아서 향기가 그윽한 아메리카노 한 잔에 취해 있다 황급히 노트북을 꺼내 놓고 글을 쓴다. 이제부터 시작이다. 이 길을 가는 거다. 험하고 가시밭길이라도 많은 꽃을 피워 내 수많은 열매를 맺을 수 있도록 옥토를 만드는 것이라고 나 자신에게 말했었다.

나는 글쓰기가 예전부터 익숙해져서 빠르게 적응해 갔다. 인생도 지금부터 새롭게 시작하여 문학과 동행해야겠다. 긴 인생의 여정에서 만난 도세훈 씨를 진정한 가족으로 맞아들이자 하고 결론을 내렸다. 집에 돌아와 아이들을 조심스럽게 기다렸다. 아이들의 생각을 알 수가 없기 때문 물어보도록 했다.

이윽고 돌아와 간식을 챙겨 주면서 말했다.

"대연아, 서재야, 엄마 말 들어 봐. 도세훈 아저씨가 우리 아빠가 되어서 같이 살았으면 좋겠어? 대답해 봐."

"우리는 좋아. 그래도 되는 거야? 나랑 서재랑 잘 놀아 주고. 그래서 우리 아빠였으면 정말 좋겠어."

"엄마 나두. 우리 아빠 생기는 거야?"

아이들이 아빠라는 정을 그리워했구나 한편으로는 미안하기도 하고 지금도 늦지 않았다 참으로 다행이라고 생각했다. 이번 주에도 어느 때와 다름없이 집에 놀러 왔다. 식탁에서 커피를 한 모금씩 마시면서 대화를 나누었다.

"우리 만난 지 사계절이 두 번 오고 갔어요."

"그렇군요. 그러네요. 정이 많이 들었어요. 마음의 문을 열고 내가 만난 사람 중에 제일 따뜻하게 대해 준 사람이 서연 씨였어요."

"그러니 말이에요. 우리 아이들의 아빠가 되어서 다시 시작해요. 우리 서로 의지하면서 사랑을 꽃피워 가도록 해요."

"정말? 진짜 가족이 되자구요?"

"그러구말구요. 아이들도 다 찬성했어요."

대화를 하고 있는데 아이들이 거실에 놀고 있다가 세훈 씨에게 달려와서 매달린다.

"우리 아빠 해요. 아빠."

아이 둘이 아빠라고 안기니까 세훈 씨는 웃으면서 꼭 안았다. 이렇게 해서 서로를 배려하고 이해하는 마음으로 시작해서 한 가정의 없어서는 안 될 엄마 아빠가 되어 웃음꽃이 피어나는 화목한 환경을 만들어 갔다. 이제 시기와 질투와 전쟁보다는 주님의 평화가 지배하는 세상을 꿈꾸며 살아가야 한다.

우리 삶의 원동력인 주님의 말씀과 몸을 우리에게 내어 주시는 주님의 사랑을 신혼 이 시기 동안이 아니라 평생 깨달으며 살아가야 한다. 이미 우리를 창조하시고 구원하시고 생활의 활력을 주시는 성삼위 신비를 충분히 깨달아 가는 데서 시작된다. 앞으로 우리에게 오시는 주님을 만나기 위해서 기다리는 삶보다는 자신의 삶에 나타나는 그분의 역사하심을 민감하게 느끼며 살아가게 된다는 것이다.

또한 주변 이웃들과 기도 생활을 함께하면서 하느님의 사랑을 키워 나가야 한다고 생각한다. 창조와 구원을 승화시켜 주시는 하느님께 대한 깨달음을 자신이 속해 있는 공동체에서 실현시킨다면 주님의 사랑이 풍성하리라고 확신한다. 우리의 감수성을 개발하고 정의를 뛰어넘는 하느님의 자비와 사랑으로 훈련된 삶을 살면서 우리를 구원하러 오시는 주님의 나타나심에 관심을 두고 기다려야 한다.

그래서 기도 생활 중에 하느님께서 우리를 구원하러 오시는 발소리를 들으면 기쁨이 충만하게 된다. 하느님을 닮은 사람은 자신 안에 하느님을 담고 살아간다. 그리고 하느님을 품은 사람으로서 하느님의 마음으로 살아가려고 노력한다. 하느님을 담고 하느님을 품고 살아가는 사람은 자신을 소중히 여길 줄 안다. 또한 하느님의 마음으로 살아가려고 노력하기에 다른 사람을 사랑할 줄 안다. 서로 사랑하며 살아가는데 이러한 모든 것이 멋진 선물이 될 것이다.

그리고 그 선물이 나의 하루를 나의 한 달을 나의 한 해를 나의 인생을 풍요롭게 만들어 줄 것이다. 하느님 사랑으로 사랑하는 삶을 살아갈 수 있도록 나 자신을 돌아보는 시간을 가져 본다. 날마다 달콤한 밤을 보내는 촉감이 피부에 스치는 성에 대해 만족감. 아무튼 기분이 좋았다.

추운 겨울을 뜨겁게 달구는 마력에 취해 추운 줄을 몰랐었다. 거기에서 나오는 삶의 활력소 에너지를 창작으로 승화시키는 매개체가 되었다. 사람은 이렇게 살아가는 건데 생명을 잉태하게 하는 본능에 충실하는 감정, 나는 한 남자의 마지막 여자이고 싶었다.

그래서 가정을 안전하게 지키고 가꾸어 가는 보금자리를 만들어가면서 나의 꿈을 펼쳐서 날고 싶었다. 지금 그때가 된 것이라고 이제부터 시작이다 생각하고 또 생각했다. 겨울잠 자는 모든 생물들이 봄이 오기를 기다리고 있는 중이다.

입춘이 지나도 아직 봄은 멀리 있다고 느낄 수 있는 것은 바람이 차갑게 불어오기 때문이다. 그런데 우리 집에서는 따뜻한 온기가 피어나는 훈훈한 기운이 흐르는 가운데 충분히 행복하고 즐기고 있는 분위기에 취해 있다는 점이었다.

10. 인연

  다들 옷깃만 스쳐도 인연이라는 말이 있는데 탈북을 해서 한 서울 안에 살면서 운명처럼 만나 가정을 이룬 우리는 아름다운 인연을 맺었다. 인생과 문학하는 길목에 서서 새로운 봄을 맞이하는 마음이 설레인다. 봄은 여인의 치맛자락으로부터 가만히 있지 않고 봄바람을 일으킨다. 따뜻한 가정에서 세상을 바라보니 모든 것이 새롭다.

  난 생명을 잉태하고 부활절이 되기 전 예수님의 태어나심을 생각하며 묵상에 잠겨 기도를 드렸다. 속된 욕망으로 황폐화된 인류를 구원하기 위해 하느님의 사랑이 이 세상에 나타나셨다. 하느님 아버지께서는 인간들이 의롭고 경건하게 살도록 계획을 세우시고 인간들이 영광과 지혜를 쉽게 체험할 수 있도록 우리의 주님이 되셨다.

  그래서 예수님의 탄생은 하느님께서 인간을 사랑하신 표현이다. 우리가 예수님을 체험하면서 하느님에 대한 인식을 깨달아 갈수록 하느님의 배려가 얼마나 신비스럽고 구체적인가를 알 수 있다. 하느님은 인간을 사랑하신 표현을 거창하고 요란하게 드러내지 않고 아주 정겹고 사랑스러운 모습으로 인간에게 드러내심으로써 인간들이 하느님을 가까이하기에

쉬운 분으로 받아들이도록 배려하셨던 것으로 생각한다.

그래서 구유에 탄생하시어 초라하지만 가장 자연스럽고 생동감이 있으신 주님으로 드러내셨다. 예수님께서 탄생하신 구유를 관상하면 할수록 하느님의 생동감과 사랑스러우신 모습이 우리의 마음 깊은 곳에 자리 잡는 체험을 하게 됨을 감사드렸다.

거처할 장소가 없어 마구간에 자리를 잡았다는 것, 마구간에 탄생하신 예수님의 천진난만한 모습을 생각하면 그동안 인생 여정에서 겪은 어려움은 모두 사라진다. 정겨운 주님을 만나서 용기를 얻은 거친 생활에서 하늘 높은 곳에는 하느님께 영광, 땅에서는 모든 사람들에게 참 평화를 주신다는 놀라운 사랑에 큰 감동을 받고 글을 쓴다.

여기에서부터 나의 글쓰기는 배 속에 아이를 임신하고 예수님의 탄생하심을 생각하면서 시작된 것이었다. 일상생활을 하고 하루에 한두 시간은 나만의 것으로 창작의 늪으로 빠져들었다. 내가 가지고 있는 소중한 재주를 갈고닦았다.

"여보, 우리 방울이 잘 있는지 배를 만져 보아야지."

"어머, 애들이 봐요. 호호."

아기자기한 집안의 분위기는 지금까지 느껴 보지 못한 행복감에 날마다 즐거운 말소리와 웃음꽃이 피어났다. 입덧 때문 음식을 먹지 못할 때면 무엇이 먹고 싶냐고 자상하게 물어보고 사다 주었다. 금세 봄이 가고 여름이 오는지 날씨는 점점 더워 갔었다. 시원한 바람에 오수의 잠이 쏟아진다. 구구구 비둘기가 날아다닌다. 일상이 평화롭게 전개되고 아이들이 아무 탈 없이 잘 자라 갔다.

예년처럼 장마가 끝나고 폭폭 찌는 찜통더위가 지난 뒤에 찾아온 가을은 얼마나 아름다운가. 점점 배 속의 아이는 자라서 태어날 때를 기다리는데 그 과정이 우리 가족에게는 축복으로 다가왔다. 밖에는 단풍이 물이 들어 하나둘 떨어지는 낙엽철 11월에 나는 예쁜 딸을 낳았다. 너무나 감동을 진하게 받아 세 번째 아이도 수정이라고 이름을 지었다.

삼 일 동안 병원에 있다가 퇴원해서 집에 친정엄마가 올라오셔서 전번처럼 도와주셨다. 남편은 너무 좋아서 딸을 안아 보고 말을 했다.

"수정아, 너는 우리 가정을 이어 주는 우리 보배다. 고사리 같은 손을 잡고 보니 너무 신기하다."

"도 서방. 그렇게도 좋은가? 나도 이제야 마음을 놓겠네."

수정이가 모유를 먹고 새근새근 잠을 자고 있는데 학교와 유치원에서 돌아온 아이들이 자는 얼굴을 바라보면서 말을 한다.

"우리 아기 귀엽다. 할머니, 너무 쪼끔 해."

"이쁘지? 아기는 만지지 말고 보기만 해. 면역성이 적어 감기 온다."

"뽀뽀해도 안 돼? 엄마?"

"대연아, 조금 더 자라면 해. 응?"

"알았어요. 여동생이라서 너무 예뻐."

집안 분위기가 확연히 달라졌다. 화젯거리가 아기에 쏠려 있었다. 나뭇가지에 마지막 잎새가 다 떨어지고 마음이 허전할 때 딸이 태어나 새 생명을 보면서 다음을 꿈꿀 수가 있기에 행복했다. 아파트 뜨락에 찬바람이 불어와 겨울 문턱을 넘어섰다. 12월 중순이 되자 엄마는 애들에게 말을 했다.

"할머니가 온 지도 벌써 한 달이 지났다. 엄마 아빠 말씀 잘 듣고 있으면 자주 올라와서 맛있는 것 만들어 준다. 알았지?"

"예? 할머니, 아기는 어떡하고 벌써 가요."

"엄마가 이제 돌볼 수 있어. 대연아."

"장모님 제가 잘하겠습니다. 오래 집을 비워서 장인 어르신이 불편하시겠습니다. 괜찮습니다."

"그럼 자네만 믿네."

하시고는 다음 날 출근하고 유치원에 보내 놓고 엄마는 광주에 내려가셨다. 나는 한 남자의 아내이고 세 아이의 엄마이다. 이렇게 평범하게 살아가는 삶이 왜 눈물겹고 감동이 오는지 모르겠다.

한 해가 저물어 가는 연말이다. 따뜻한 가정에서 세상을 내다볼 수 있는 여유가 있어서 너무 좋았다. 올 한 해를 돌아보며 새로 태어난 생명이 새로운 구성이 된 뜻깊은 곳에 하느님의 축복이 충만하길 기도했다. 제야의 종소리를 듣고 모든 갈등이 해소되어 옛것을 보냄과 동시에 새로운 새해를 맞이하는 풍습과 전통을 따르면서 떡국을 먹었다. 나이 한 살을 더해서 서른일곱이 되는 새해가 밝아 왔다.

식탁에 앉아서 커피를 타서 한 잔씩 음미하고 마셔 본다.

"여보, 올해 하고 싶은 것이 무엇이어요?"

"안전한 가정을 이루기 위해 결혼식을 올리고 싶어요. 가정의 달에."

"좋은 생각이네요. 나도 그렇게 하고 싶어요. 동감이어요."

"이제 우리는 남이 아니라 수정이 아빠, 애들 아빠로 거듭나는 거여요. 우리 집 가장으로요."

"고마워요. 그렇게까지 생각해 주니 당당해지네요."

이렇게 사랑으로 추운 겨울을 보내니 우리 집에서는 훈훈한 인정, 마음을 따뜻하게 감싸 주는 온기 덕분에 추운 줄을 몰랐었다. 요즘 나는 거실에서 운동을 하고 있다. 아이를 출산하면서 찐 살을 빼기 위해 모유를 먹이기 때문 쉬 배가 고파서 맵고 짠 음식은 피하고 식이요법으로 필요한 영양소를 골고루 섭취했다.

맑은 공기를 환기시키려고 베란다 창문을 열어 마음껏 호흡을 한다. 어느 사이 우리 곁에 봄이 와서 화사한 미소를 지었다. 화단의 나무들이 새봄이 다시 왔다고 서로 이야기를 건넨다. 아직은 바람 끝이 조금 차갑게 느껴지는 새봄이 왔다는 환희에 젖어 있었다. 가지에 떡잎이 터져 나온다.

마른 가지에도 꽃잎이 활짝 웃고서 인사를 하는 것처럼 보인다. 녹색이 짙어 가는 푸르름의 그리메가 시원함을 노래한다. 봄꽃들이 차례로 피어나는 신비스러운 감각의 향기로움이 절정을 달한다. 자기가 갖고 있는 개성이 빛을 발휘한다. 나는 웨딩드레스를 입을 수 있게 몸매를 가꾸었다. 행복한 신부이고 싶었다. 아이 셋을 둔 엄마이기 때문 더욱 그랬다.

남편이 돌아다니면서 웨딩홀을 빌리기로 예약을 했다. 신혼여행은 멀리 가지 않기로 하고 2박 3일 가까운 온천에서 피곤함을 풀고 스트레스를 날려보낸 뒤 새롭게 다시 시작하는 의미를 갖고서 조용히 보내자고 했다. 가지가지 꽃들이 피어나고 새들과 나비들이 꽃을 찾아드는 봄을 연출한 뒤 오월에 핀 장미가 얼굴을 내민다.

우리는 가족 친지, 회사 직원들을 모시고 결혼식을 올리는 자리를 마련하였다. 가슴이 뜨거워지고 뭉클해졌다. 예전에 친하게 지냈던 친구들, 여전히 나를 응원해 주는 사장님 일찍 와서 모두 축하해 주었다.

"한편으로 서연 씨를 생각하면 마음이 무거웠는데, 좋은 사람 만나서 정말 다행이에요. 진심으로 축하해요."

"사장님, 그렇게 말씀하시니 감사해요. 이제는 꿋꿋하게 살 자신이 있어요. 행복하다고 말할 수 있어요."

눈가에 미소가 지어져서 분위기가 좋아져서 친구들과 사진도 찍었다.

"행복하게 잘 살아라."

친구들 김윤경, 양수경, 김정수가 한목소리로 축하해 주었다. 다들 가정을 이루어 아이들 키우고 집 안에서 바쁜 일과를 보내는데 시간을 내어 와 주어서 너무나 고마웠다. 주례 선생님은 모시지 않고 회사 동료가 사회를 보고 손을 잡고 식장에 입장하여 서로 결혼 서약서를 작성하여 손님들 앞에서 낭독하고 신부는 신랑에게 신랑은 신부에게 편지를 써서 읽었다.

폐백은 신랑 부모님이 계시지 않기 때문 친정 부모님, 형제들에게 정식으로 가족이 되었다는 의미에서 인사를 드렸다. 운전을 직접 하기로 자가용을 길옆에 세워 두고서 신혼여행을 간다고 고맙다는 말을 하고 있었다.

"도 서방 자네는 아들이자 내 사위네. 서로 아껴 주고 사랑하면서 행복하게 잘 살게나. 나는 이 말밖에는 못 하겠네."

"네, 잘 알겠습니다. 아버님 지켜봐 주세요."

"엄마, 애들 잘 부탁해요."

"걱정하지 말고 좋은 시간 보내고 오렴. 아이들은 삼촌들하고 집에 먼저 갔다. 도 서방 서연이 잘 부탁하네."

"감사합니다. 아버님 어머님. 잘 다녀오겠습니다."

"올케들 고생했어. 고마워."

"형님, 행복하세요."

하객들이 돌아가고 가족의 배웅을 받으면서 자가용에 탔다. 오늘은 좋은 날 오래도록 기억할 수 있게 좋은 추억을 새기러 신혼여행을 경치가 좋은 곳의 온천으로 왔다. 피곤이 풀릴 수 있도록 온천욕을 즐길 수 있는 시간에 듬직한 남편이 옆에 있어서 얼마나 소중하고 고마운지 이제야 진정한 사랑이 찾아왔구나 하느님께 감사의 기도를 드렸다.

달콤한 신혼을 보내다가 일상으로 돌아와 이제는 아이들과 부대끼고 다른 사람들처럼 평범하게 살면서 작가가 되기 위해 교보문고에 외출을 자주 한다. 어느 날 서점에서 마음에 와닿는 시집을 사 왔다. 너무나 글이 좋아서 마지막에 쓰인 출판사 이름을 보고 문의를 했다.

"여보세요, 세향출판사입니다."

"안녕하세요. 문학을 좋아하는 김서연이라고 합니다. 책을 보고 전화를 했는데 투고해도 좋습니까?"

"아, 나는 편집부장 이혜영이라고 합니다. 장르가 무엇입니까? 무엇을 도와드릴까요?"

"한 권 분량의 시 부분에 속합니다. 책을 내고 싶은데요."

"그래요? 일단 먼저 원고지에 시를 정리하는 의미에서 써 보세요. 그런 뒤에 집으로 방문할까요?"

"예, 새로운 마음을 가지고 새롭게 써 보겠습니다. 그때 뵙겠습니다."

핸드폰을 끊고 곧바로 문구점에 가서 원고 뭉치를 사서 정성을 다해 그동안 자식처럼 써 오던 시어를 써 내려갔다. 빨리 퇴근해서 남편은 아이들을 챙기고 집안일을 도와주면서 격려해 주었다. 나는 혼신의 힘을 쏟아 일에 전념하였다. 너무나 뜻깊은 순간이었다. 드디어 편집부장이 방문해서 커피를 마시며 담소를 나누고 있었다.

"글 쓰는 것이 얼마나 힘드는지 알아요. 한편 분량 쓰고 나니 두 권 쓸 수 있는 에너지가 생기는 것 같아요."

"한 권 쓰는 것이 힘이 들지. 어느 수준에 도달하면 체력이 뒷받침되지 않으면 어려운 것이지. 가장 만족감, 성취감이 커서 계속 쓰고 싶은 마음이 우러나오는 직업이 작가여요. 읽어 보고 검토해서 책으로 엮어 보겠어요. 필체를 보니 마음을 알 것 같아요."

"그렇게 말씀하시니 감사합니다."

원고 뭉치를 가방에 넣고 일이 바쁘다고 일어섰다.

"나오지 마세요. 전화드리겠습니다."

나는 아파트 현관 앞까지 배웅해 드렸다.

"우리 친구 해요. 잘 가요."

"그래요."

서로 손을 흔들고 보이지 않는 곳까지 서서 보고 있었다. 아파트 안에 있는 놀이방에 잠시 맡겨서 놀고 있는 수정이를 안고 집으로 올라왔다. 그리고 몇 달에 거쳐 책이 나와 독자들과 만날 수가 있었다. 그 후 독자들의 반응은 많은 관심을 받아 앞길에 장애물 등이 많지만 헤쳐 나갈 수 있는 힘과 용기를 얻을 수 있어서 긍정적이었다.

서른아홉이란 나이가 무슨 의미인가. 청년에서 중년으로 넘어간다. 나는 이 나이에 겨우 시집 한 권. 가야 할 길이 멀고 바쁘다. 시간이 늦었다하고 생각할 때가 가장 빠르다는 말이 있다. 이제부터는 문학하는 시간에 집중할 것이다. 두 아들은 초등학교, 막내딸은 놀이방에서 시간이 짬이 나서 이런저런 생각을 하니 지금이라도 책 한 권 낸 것이 참으로 다행이다 싶었다.

하늘에는 흰 구름이 두둥실 떠다녔다. 내 마음이 아름다웠다. 새로운 천 년을 시작하는 밀레니엄이라고 부르는 해이다. 이 시대를 살아가는 우리는 중요한 의미를 부여받아 우리의 과제가 무엇인지 진지하게 생각해 본다.

조선시대 말기 우리나라는 일제 36년 나라를 빼앗겨 이권이 다른 나라 손에 넘어가 너무나 국민들이 고통을 당해 신음하면서 살았었다. 나라를 찾기 위해 선열들의 희생, 독립운동을 하다가 목숨을 빼앗긴 사람들의 혼을 이어받아 제2차 세계대전 후 독립을 하였다.

현재 우리나라는 남북으로 나누어져 있기 때문 최대의 과제가 통일을 이루는 것이 가장 중요하고 최고의 목표라고 생각하고 있다. 나는 정신을 바짝 차리고 있었다. 어느 사이 봄이 가려는지 날씨가 더워진다. 아직은 시원한 바람이 불어 피부에 닿는 촉감에는 습도를 머금지 않았었다.

그런데 우리나라는 이천 년 유월 남북 정상회담 한다고 정치권에서 분위기가 술렁거렸다. 아 살다 보니 이런 날도 오는구나. 정상들이 만난다고 계속 뉴스 채널에 초점을 맞추고 어떻게 국내 정세와 세계가 돌아가는지 관심과 신경을 곤두세우고 보고 있었다. 그렇게 꿈에 그리는 통일이 과연 올 수 있는 것인가 생각에 잠겨 있었다.

김대중 대통령은 북으로 갈 수 없는 곳을 하늘길을 열어 두 시간도 걸리지 않는 평양을 날아갔었다. 나는 통일이 될 때까지 작품을 쓸 때마다 6월 정상회담을 다른 각도에서 서술하고자 생각하고 집필을 하니 독자들도 이 부분을 통일의 시작이라고 이해해 주시면 된다.

민주화, 산업화를 이루어 경제 성장에서 빈부의 격차가 많이 벌어져 힘들지만 이 시점에서 다른 사람들 앞에 중요한 것을 인식하며 그 일을 실행하는 첫 단추를 끼웠다는 사실을 인정하여 이제는 통일 교육으로 이어져야 한다고 생각한다. 이산가족 찾기가 이루어져 한반도에서 오열을 했는데 가을이 성큼성큼 다가오는지 이제 소리가 들리는 것 같았다.

기쁨도 잠시 꿈인지 생시인지 언제 다시 만날지 기약 없이 흐느끼다 헤어진 사람들. 어느덧 계절은 단풍이 곱게 물이 들기 시작했다. 가만히 생각해 보면 사계절이 뚜렷하고 물가는 높지만 먹을 것이 풍부한 대한민국이 얼마나 축복받고 있는지 잘 알겠지만 내전을 겪고 눈부신 경제 성장한 우리는 그 아픔을 치유하기 위해 이천 년 새날에 정상들이 만났다는 데에 큰 의미가 있다.

  만난 뒤의 여운이 가시기 전 10월 둘째 주 노벨 평화상에 김대중 대통령이라고 공중파를 타고 전 세계에 발표되었다. 너무나 감격의 순간으로 우리 국민들은 축제 분위기에 들썩거렸다. 남의 나라로만 생각했던 평양이 우리 땅이었다. 그 느낌으로 세계 평화 통일의 물꼬를 터뜨렸다. 독재에 핍박을 당해 목숨이 위태로웠는데 모든 것을 다 이겨 내고 평화를 위해 큰 획을 그었다는 점을 세계가 인정을 했다.

  단풍이 드는가 싶더니 잠시 뉴스에 신경 쓰다가 밖을 바라보니 낙엽이 되어 우수수 떨어지는 낙엽 철이 우리 가까이에 왔다. 마지막 잎새가 지고 겨울에 들어설 무렵 노벨 평화상 시상식을 우리 모두 가슴 뭉클한 장면을 시청했다. 한 해가 저물어 가는 시간이 얼마 남지 않은 연말이 되어 간다.

  밖은 세찬 바람이 부는데 마음만은 따뜻해진다. 선물 보따리는 손에 들고 오고 가는 인정 속에 덕담을 서로 나눈다. 올해는 참으로 뜻깊은 해로 오래도록 기억이 될 것이다. 이제 제야의 종소리가 들리면 역사의 뒤안길로 사라진다. 다사다난한 송년을 보내고 희망의 새해를 맞이할 수 있도록 마음가짐을 새롭게 다 잡는다.

  밤하늘은 별들이 반짝이며 아련하게 종소리를 들으며 잠자리에 든다.

밝아 오는 새해 아침 온 가족이 식탁에 앉았다. 떡국을 끓여 반찬 몇 가지에 한 그릇씩 앞에 자리하고서 말을 했다.

"공부를 잘해야 성공하는 것은 아니지만 학생을 공부를 해야 한다. 기본을 하고 자기가 좋아하면서 잘하는 부분을 잘 개발해 행복하게 사는 거야. 일이 있어야 평생이 즐겁고 행복하지."

"예, 엄마. 잘하겠습니다."

"나두 잘할게요."

"엄마 아빠, 나 수정이도요."

"그런데 여보, 작년에는 남북 정상회담 하면서 거창했는데 진짜 통일을 할 수 있을까?"

"첫발을 내디뎠으니까 지금 통일하는 것이 아니라 단계적으로 발전을 해서 언제인가는 되겠지요. 지금부터는 통일교육을 온 국민들, 학생들부터 시작해야겠지요."

보수와 진보로 나누어진 우리나라는 이 시대를 살아가는 사람들이 풀어 가야 할 큰 과제가 되었다. 그런데 왜 통일을 해야 하는가 누구나 한 번쯤 생각해 볼 문제다. 우리 남한이 세금을 많이 내야 한다고 통일을 반대한 사람들이 있다. 그러면 지금까지 분단해 있으면서 내는 분단금, 즉 첨단장비, 신무기며 군사비용에 들어가는 막대한 돈을 생각해 보았는가. 통일비용은 일시적으로 들어가지만 군사비용은 남북이 대치하는 한 매년 약 35조가 들어간다.

통일 비용이 단기간 많은 돈이 들어가서 단계적으로 발전한 뒤 군사비용은 3분의 1만 쓰고 3분의 2는 우리 국민들의 삶의 질을 높이는 사회 복지, 보건 복지, 교육비를 태어나면서부터 유치원, 초등학교, 중고등학교까지 무료로 다닐 수 있었으면 하고 생각해 본다. 우리나라는 지하자원이 없어서 경제 발전은 많이 했지만 한계에 부딪혀 선진국으로 올라가는 데 힘이 많이 든다는 보도를 보고 생각을 해 보건대 선진국 복지사회의 지름 길은 통일을 이루는 것이 중요하다고 다시 생각한다.

가장 추운 정월 눈 내리는 장면이 베란다 유리창 앞에 펼쳐진다. 함박눈이 펑펑 쏟아지는 밤, 거실 안 상에 앉아서 글을 쓴다. 지금부터 십 년, 이십 년 뒤 나는 어떤 사람이 되어 있을까. 나는 또 다른 꿈을 새해 벽두에 가슴속에 심어 본다. 밖은 가끔씩 거센 눈보라 치는 소리가 귓가에 들려와 맴을 돈다. 그렇지만 부둥켜안고 가야만 하는 겨레가 있어 이 밤도 몸부림치는 몸짓으로 괴로워하며 시어를 읊노라.

내가 해야 할 일은 무엇인가 무엇이 시대정신으로 의식이 깨어서 창작의 고통으로 엮어 나가야 하는 것인가. 나는 앞으로 살아갈 많은 시간을 씨실과 날실을 교차하여 나에게 맞는 옷을 짜 나가듯 아름다운 언어로 영혼의 대화를 하면서 한 줄 한 줄 글을 써 갈 것이다. 정초에 먹었던 마음을 다 잡아서 사회에서, 국가에서 필요한 인재가 되어 나만의 삶을 이어 갈 것이다.

11. 가족이 되어

　어느 사이 초봄이 오는가 싶더니 꽃 피는 사월 부활절이 다가온다. 우리를 너무 사랑하신 나머지 참 인간으로 우리에게 오셔서 곁에 머무셨던 그분은 많은 고통과 죽음을 몸소 겪으신 후 참으로 부활하심으로써 한 줌 재로 사멸할 존재인 우리가 영원한 참 생명에 참여할 문을 열어 주셨으니 참으로 감사하고 매우 기뻐할 일이라고 묵상해 본다.

　이 부활에 대한 믿음은 그리스도 신앙을 떠받치는 가장 핵심적인 기둥이라고 강조해도 지나치지 않는 일이다. 그런데 명절 때만 나오는 분들은 어떤 생각을 가지고 그리스도를 믿는 신자라고 말할 수 있는가. 하느님이 오랜만에 당신을 찾아온 자녀들을 도끼눈을 뜨고 바라보시지는 않으신 분이다.

　오히려 갖가지 이유로 평소에 주님을 잊고 살다가도 때가 되면 자신의 뿌리를 확인하듯 다시 성당으로 발걸음을 돌리는 당신의 자녀들을 하느님은 마치 명절에 곱게 차려입고 시골에 내려온 자녀들을 맞이하는 부모님처럼 반갑고 애틋한 눈빛으로 바라보는 자애로운 분으로 생각하니 참으로 따뜻하다고 느낌으로 다가와 성령으로 충만하다.

봄, 여름, 가을, 겨울은 우리가 매일 매 순간 살아가야 하는 우리의 삶 자체라는 것은 다 아는 사실이다. 우리는 매일 악습과 죄에 물든 나에 대하여 죽고 그리스도 안에서 새롭게 다시 태어난다는 믿음이다. 주어진 십자가의 무게에 짓눌려 매일 넘어지는 우리이지만 먼저 그 길을 묵묵히 가셨던 그분이 활짝 열어 놓으신 생명의 문으로 우리는 그분과 함께 다시 일어나 한 걸음 한 걸음 나아간다.

아집과 자기만 사랑하는 것에 사로잡힌 나와 결별하고 그리스도를 위해 살기로 매일 결심하는 것. 그것이 부활을 살아가는 우리 그리스도인의 자세라고 다시 생각해 본다. 부활절 2002년도 다시 따뜻한 봄이 되었다. 햇살 가득한 봄날 아이들은 무럭무럭 잘 자라 주어서 고마웠다. 큰아이는 중학교 3학년, 둘째 아이는 초등학교 5학년, 막내 수정이는 유치원에 다녀서 나는 남편과 아이 셋 뒷바라지에 바쁘지만 내가 좋아하는 일을 열심히 하는 사람이 되고 있었다.

시대가 바뀌어 지금은 재혼한 남편의 성을 데리고 온 자식들의 의견을 물어서 따를 수 있는 법이 통과된 변화된 사회에 살고 있었다. 이 점은 가정의 화목을 위해서 꼭 필요한 사항이었다. 우리 가족은 아이들의 공통된 의견으로 서류상 도대연, 도서재, 도수정으로 엄마, 아빠의 아들, 딸이 되어 주민등록등본에 실렸다.

오늘 그 일을 마무리하고 축하하는 의미에서 외식을 하기로 했다. 동네 가까운 음식점에 들어가서 자리에 앉아 숯불 돼지갈비를 시켜 놓고 나오기 전에 이야기를 한다.

"엄마 아빠는 우리 아빠인데 성이 달라서 이상했어. 도대연이가 되어서 너무 좋아. 아빠가 너무 좋아."

"나두 도서재가 되어서 너무 좋아. 엄마 아빠."

"야. 우리 큰오빠, 작은오빠 오빠가 둘이야. 너무 좋아."

"하하하"

"호호호"

여러 가지 음식과 갈비가 나와 숯불에 올려 익혀서 아빠가 자른다.

"많이 먹어라 얘들아. 기분 좋은 날이다. 우리 아이들이 대견하고 정말 대단하게 잘 자라는 모습에 이 아빠는 너무 좋다. 항상 오늘 같은 날을 기념하고 화목한 가정 만들자꾸나."

"여보, 고마워요. 아이들을 다 품어 주어서 당신을 사랑해요. 얘들아 잘 자라서 아빠에게 보답해야지. 이제 우리는 완전한 가족의 일원이다. 모두 사랑하고 사랑한다."

"엄마 아빠, 우리도 사랑해요."

삼 남매가 한목소리로 화답을 했다. 코끝이 찡하게 감동이 왔다. 짙어 가는 녹색 이파리는 울창하게 우거지는 계절로 이제는 피부에 닿는 촉감이 더워지는구나 느낌이 절로 든다. 아빠를 만나서 좋은 시간 같이 보내는 행복을 더 많이 맛보기 위해 이번 휴가 때는 엄마가 유년 시절을 보내고 온 고향에 다녀오기로 해서 모두 기대하고 있었다.

습도가 높은 긴 장마가 끝나간다는 날씨 소식이다. 기다리는 휴가철이 되어 마음이 들떠 있었던 상태였다. 여행용 가방에 수영복, 반바지, 티셔츠 등 생활용품을 찾기 쉽게 차곡차곡 챙겨서 끌고 KTX를 타기 위해 용산역에 와 있었다. 서울에서 광주까지 약 두 시간 거리 집에서 출발해서 외갓집까지 네 시간 걸려 너무 편리해서 좋았다.

친정집에 들어가니까 식구들이 모두 모여 환영해 주었다. 넓은 거실에서 큰 상을 두 개 펴서 맛있는 음식을 차렸다. 한쪽은 어른들, 한쪽은 아이들 대가족 열다섯 명이 시끌벅적해서 사람 사는 것 같은 냄새가 물씬 풍겼다. 오랜만에 만난 형제들, 사촌들, 그동안 있었던 일들이 화젯거리였다.

"도 서방, 사위 사랑은 장모라던가. 술 한 잔 먼저 받게."

"예, 아버님께 먼저 드려야 하는데 주시니 받겠습니다. 이리 주세요. 아버님 받으세요."

"고맙네, 자네한테 이렇게 넓은 마음이 있는지 새삼 놀랍고 너무 고마워. 무어라고 말문이 나오지 않네. 많이 들게나."

"자, 처남들도 한 잔씩 받게나."

남동생들도 주거니 받거니 분위기가 무르익어 가 기분이 너무 좋았다.

"자네들은 어떻게 아이들 교육을 하는가?"

"형님이 유치원 선생님이라서 도움을 많이 받아요."

"어머님 옆에서 사니까 간식 등 맛있는 밥을 먹을 수 있어서 좋아요. 내가 아이들 공부는 봐주고 서로 돕고 사는 것이지요."

"동서 지간에 사이가 좋아서 보기가 아주 좋네. 큰올케 아이들은 김지연이, 김지수. 이름을 잊어버리지 않고 기억하지."

"예 형님. 초등학교 일 학년, 유치원에 다녀요."

"저희 애들은 김혜연, 김혜수. 유치원, 놀이방에 다녀요."

아이들은 아이들끼리 음식을 더 달라고 시끄럽게 말이 오고 가면서 이런 모습을 지켜본 부모님들이 이제는 안도의 숨을 고르게 쉬는 것 같은 느낌으로 다가와 화목한 가족 모임이 아주 좋았다. 다음 날, 시내로 이사 오기 전 살았던 변두리 시골 마을 옆에 맑은 시냇가로 물놀이 가기로 했다.

동생들 내외는 쉬기로 하고 대가족이 점심을 먹은 뒤 하루 중 가장 더울 때 봉고차를 할아버지가 운전하고서 길가에 주차해 놓았다. 수영복 반바지를 갈아입고 풍덩풍덩 물속으로 들어갔다. 시원한 물속에서 물장구치고 물을 손으로 튕기면서 재미있는 물놀이를 계속하였다.

한참 신이 나게 형제들이 놀았는데 출출했던지 먹을 것을 달라고 해서 가지고 온 수박, 참외, 음료수를 꺼내 왔다. 쟁반에 큰 수박을 놓고 아빠가 칼로 사 등분을 잘라 먹기 좋게 해서 먼저 할아버지 할머니를 드리고 하나씩 들고서 사르르 빨간 속살을 마구 베어 먹었다. 참외도 깎아서 한쪽씩 먹는 그 맛. 시원한 음료수도 너무 맛이 좋았다.

하루 중 기승을 부리던 더위가 주춤할 때 조개, 다슬기가 맑은 물속 돌에 나와서 붙어 있을 때 주워서 바구니에 채운다. 해 질 무렵 물놀이를 마무리하고 아이들이 옷을 갈아입고 집으로 돌아오는 길 차 속에서 노래를 부르는데 하루가 다 간다. 정말 재미있는 추억을 새겼다. 알찬 휴가를 보내고 지금은 집으로 돌아와 며칠 지나니 열대야도 사라졌다는 보도에 아침저녁으로 시원한 바람이 분다.

소나기가 대기 불안정으로 한 차례씩 쏟아지면 온도가 높은데 떨어지는 효과로 제법 선선함을 느낄 수 있었다. 청량한 하늘에 코발트 빛깔이 선연한 색상으로 아름답다. 두둥실 떠다니는 흰 구름 아래 참새 떼들이 날아다닌다. 하늘을 나는 작은 참새도 하느님께서 돌보시는데 하물며 만물의 영장인 사람들이 먹고 살 수 있는 양식을 하늘에서 내린다. 누런 들판에는 오곡백과가 익어 가 추수할 때가 가까이에 왔다.

이제 알맹이와 쭉정이를 골라내는 타작하기에 바쁘다. 풍년이 들었다. 온 세상이 풍요로운 가을을 예찬한다. 산들바람이 산들산들 불어와 뚝 옆에 핀 코스모스가 한들한들 흔들려 키순대로 서서 우주의 연가를 합창한다. 그 위에 물찬 제비가 창공을 날아다니는 시골의 한적한 곳에 발길 닿는 대로 거니는 낭만이 있어서 좋았다.

짙은 녹색 이파리 채색이 된 순서대로 햇볕을 많이 받아 고움게 단풍이 들기 시작한다. 순식간에 산에는 울긋불긋 빨강, 노랑, 녹색 변해 가는 모습 그림 같은 풍경을 보기 위해 계획을 세웠다. 가장 단풍이 절정에 이를 때 가까운 관악산으로 단풍 구경 가자고 했다. 놓치고 싶지 않은 순간이기 때문이다.

일요일 아침 9시 등산복 차림으로 버스를 타고 종점에서 내려 관악산 둘레길을 오른다. 산에 오르니 머리가 밝아지는 맑은 공기를 폐부로부터 깊은 호흡을 하고 난 뒤 상쾌한 기분으로 전환되었다. 고운 빛깔로 옷을 입은 관악산은 우리 가족을 반겨 주었다. 땀이 나와 수분을 보충하는 물, 음료수, 커피를 마셨다.

안양까지 관악산이 이어지는데 절이 3개가 있었다. 그중에 호압사에 내려가자 마침 점심시간이 되었다. 절에서 마련한 잔치국수에 오이를 무쳐서 나와 줄을 섰다. 다섯 명이 마주 보고 국수 한 그릇씩 먹는 그 맛이 너무 좋았다. 언제나 일요일이면 이렇게 제공한다는데 정성으로 사람을 맞이하는 인정이 우리 사회에서 필요한 면을 배울 수가 있었다.

아름다운 단풍을 감상하며 청량한 기온 속에 깊어 가는 가을을 음미하기에 너무나 좋은 시간을 같이 하는데 의미가 있었다. 절에서 몇 시간 머물다가 왔던 길을 되돌아와 버스를 타고 정류장에서 내렸다.

양념을 해서 재워 둔 불고기를 해 먹기 위해 시장 마트에 왔다. 상추, 풋고추, 깻잎, 오이, 마늘, 과일 등을 사 가지고 다섯이 집에 돌아와 거실에 앉아서 재미있었다고 이야기를 나누고 있었다. 엄마인 나는 이른 저녁 먹자면서 준비를 한다. 프라이팬에 지글지글 볶은 고기 냄새가 자연적으로 식욕을 자극한다. 식탁에 차려진 음식을 가운데에 놓고 의자에 앉아서 말을 한다.

"이렇게 좋은 시간을 가질 수 있는 기회가 많았는데, 이제 예비 고등학생이 된 큰오빠가 대학을 가기 위해 공부를 열심히 해야 하기 때문 대연이와 시간을 맞추어 대화할 기회가 줄어들 것이다. 예전과 달라 고등학교 일 학년 성적부터 반영이 되니까 너희들도 형과 오빠들 따라서 공부 잘해야 된다. 알았니?"

"우리 아이들이 알아서 잘할 텐데, 너무 공부하라고 하지 말아요. 스트레스 쌓이니까."

"예, 엄마 아빠. 잘할 테니 지켜봐 주세요."

"형. 나두 형 따라서 공부 열심히 할 거야."

"오빠. 나 수정이도야."

나는 불고기를 상추에 쌓아서 아빠부터 한 입씩 넣어 주었다. 잘 먹는 모습만 보아도 즐겁고 행복하고 안 먹어도 배가 부르는 느낌이다. 이날 밤 오래도록 이야기를 나누었다. 아이들과 남편의 사랑으로 나는 힘을 얻어서 글쓰기가 잘되어 간다. 이렇게 아기자기하게 살아가는 것이 사람으로서 누리고 삶을 개척해 나가는 힘의 원천이 되는 것임을 이제야 알았다. 나의 소중한 보배들이 잠이 들고 나도 남편 옆에 누워 내일을 위해서 단잠을 청한다.

그 후 십 년이 비약적으로 훌쩍 지나 2012년 봄이 되었다. 나의 글쓰기는 발전하여 한류작가로 거듭나기 위해 노력을 해 왔다. 그러나 마음대로 뜻대로 되지 않아 고생을 많이 하였다.

봄 국회의원 총선부터 2016년 총선까지의 봄을 나의 꿈과 희망을 현실로 이어지기를 바라는 의미에서 있었던 일들을 서술하기로 했다. 다른 작품에서도 이 부분을 다루었는데 너무나 중요한 상황이기 때문 몇 번이고 강조를 해도 지나치지 않는 우리의 국익에 관한 일이므로 작가인 내가 생각하는 각도에 따라 다시 써서 다루기로 했다. 세계 경제 규모가 8위인 우리나라는 미국과 처음으로 한미 FTA(자유무역협정)를 모델로 체결하여 이제는 다 끝났으나 한미 FTA 한류분야 일부분 지적 재산권에서 이행완료가 되지 않고 있었다.

나의 꿈과 희망을 이루기 위해 노력하는 도중 과로와 당뇨병, 고혈당으로 5일 밤을 의식이 없어 죽었다 깨어나는, 즉 완전한 민주주의를 건설하기 위해 투쟁을 해 왔다. 안타깝고 아쉬움으로 피나는 최선의 노력을 해왔었다. 2012년 3월 15일 발효하여 첫 번째 수출할 수 있었으나 이명박 전 대통령께서 여당으로 정치에 입문하기 바랐었다. 그런데 건강상 갑상선 목 수술로 정치를 하지 못하게 되자 차기 정부로 수출하기를 미루었다.

그때의 안타까움과 참담한 심정은 이루 말할 수 없는 고통이었다. 무슨 방법이 있겠지 나에게 행운을 가져다주는 좋은 기회가 오겠지 하고 긍정적으로 생각하면서 기다렸다. 하느님께 간절한 기도와 도와주시라고 간구하면서 마음의 평정을 다잡고 언제나 그랬던 것처럼 계속 작품을 써 나갔다. 하느님께서는 견딜 수 있을 만큼의 고통을 주시지 그래서 하느님의 영원한 자녀로 하느님 안에서 살기를 원하기 때문이다.

하루하루 긴장하고 어떻게 꿈을 이루고 살아가야 하나 걱정 근심보다는 더욱 노력하고 연구하는 데 시간을 투자하였다. 다음 해 또 봄이 찾아

왔다.

새들이 지저귀는 가운데 꽃을 찾아드는 나비와 벌들의 자유로운 비행, 평화로운 봄날의 연출에 나는 지금 얼마큼 인생을 살았는가 태어났을 때부터 하고 싶은 일은 하고 있지만, 지금의 나 자신은 노력을 해 왔지만 왜 꿈을 현실로 이루지 못할까 곰곰이 생각해 보았다.

그런 가운데 2월에 취임한 박근혜 대통령이 미국을 방문한다는 보도에 유심히 뉴스를 보면서 체크를 하였다. 드디어 5월 미국으로 날아가 워싱턴에서 정상회담을 했다. 많은 분야를 회의한 내용 중에 나와 관계되는 일부분 말하자면 싸이의 재미있는 춤, 〈강남스타일〉을 말했다. 그때 당시 유행했던 노래, 춤, 영화 화젯거리로 자연스럽게 또 슬픈 영화 새드무비 섹시 홀리데이를 뜻하는 한류 문화에 관심을 두고 매력 있다고 먼저 말이 나왔다. 박근혜 대통령은 한미 FTA를 통해서 많은 사람이 보도록 체감하도록 하겠다고 대답을 했다.

그런데 윤창중 씨의 성추행 사건이 방송에 흘러나오면서 나는 난감했고 어처구니가 없는 기분은 이루 말할 수가 없었다. 지난 인수위원회 때 윤창중 씨가 평이 좋지 않은 사람이므로 비서관으로 쓰지 않았으면 하는 여론을 무시하고 박근혜 대통령은 인사로 써 버렸다. 몇 달도 못 가고 미국에 가서 그런 못난 짓을 하고 국가의 품격을 떨어뜨리고 먼저 귀국하였다. 나는 여기저기 알아보고 다녔지만 뾰족한 해답을 얻지 못했다. 그러나 나는 여기에서 포기할 수 없다고 다른 좋은 방법을 찾아보기로 하고 인터넷에 매달려 글을 써 나갔다.

언제인가는 나 혼자 꾸는 이 꿈이 이루어지면 우리나라 온 국민이 혜택을 볼 수 있게 만들겠다는 신념으로 이 일에 임하는 자세로 확실하게 목표를 세웠다. 또 한 해가 지나 2014년 봄이 되었다.

그렇게 꽃 피는 봄이 되었는데 학생들이 제주도로 배를 타고 수학여행을 가는 아침, 배가 바다에 빠져 가라앉는 장면이 TV에 보였다. 이날 나는 출근시키고 학교에 보내 놓고 커피 한잔 마시고 있을 때였다. 저렇게 수면 위가 얼마 남지 않았는데 발을 동동 구르고 안타까워 애태우고 바라만 보고 있는 나는 눈물이 주르르 흘렀다.

마지막으로 가족에게 전화해서 "배가 바닷물에 빠져 가는데 문을 열 수가 없어요. 나 죽을 것 같아. 사랑해. 이 말이 하고 싶어서." 그리고 전화가 끊겨 얼마 있다 배가 보이지 않았었다. 나는 노트북을 켜고 인터넷에 글을 올렸다. 우리 국민들은 모두 슬픔에 빠져 어떻게 할 수 없는 안타까움에 울고 또 울었다. 잊을 수 없는 그 모습을……

세계 사람들은 TV 공중파 또는 인터넷으로 우리 국민들을 위로하였다. 제2의 광주사태 같은 젊은 청춘들이 떼죽음을 당했다. 이때 새드무비 섹시 홀리데이 〈화려한 휴가〉 선전할 수 있는 동기가 되었다.

일주일 후 오바마 대통령이 동북아시아 방문길에 2014년 4월 25일 서울에 와 위로하면서 정상회담 공식석상에서 요점만 말하면 한미 FTA 이행 완료를 위해 추가 협상을 하자는 말에 슬픈 마음을 다 잡고 내가 스스로 맡은 글쓰기에 목숨이 다하는 날까지 최선의 노력하면서 살아가자고 다짐했다. 그 후 8월 교황님께서 우리나라를 방문하셔서 세월호 사건에 아픈 사람들과 함께하셨다.

여러 가지 행사에 참석하시어 그늘진 곳에 위로와 참 사랑을 깨우쳐 주시며 많은 사람들의 환호 속에 며칠간 일정을 마치고 교황청으로 돌아가시는 모습을 한순간도 빠짐없이 지켜보고 기도를 하였다. 연말부터 2015

년 초에 청와대 문건이 유출됐다는 사건이 나왔다. 여러 가지 문제점이 있는 것 같이 보였는데 언론을 막아 버렸다는 느낌은 지울 수 없어 여운이 남아 있었다.

이때까지는 최순실이 언론에 나오지 않는 상태였다. 청와대 박근혜 대통령은 정윤회 사건이라고 덮어 버렸다. 그 뒤 우리나라는 메르스 사태가 생겨났다. 열대 지방에 다녀온 사람이 옮아온 메르스는 열이 나고 기침을 하면 호흡기로 감염이 빠른 병균 바이러스 때문 전국이 혼란에 빠졌다. 다행히 장마철이 찾아와 온도와 습도가 맞지 않아 메르스는 진전되었다.

이렇게 큰 사건이 잇달아 발생하면서 박근혜 대통령의 무능함이 국민들의 도마에 올라 여론이 좋지 않았다. 한편 민주당 대표가 된 문재인 씨는 힘든 시기를 보내고 있어서 안타까운 마음에 긴 편지를 써서 보내기도 했다. 봄꽃이 피었다 진 자리에 녹색 이파리가 돋아 나왔다. 짙은 색깔에 숲속의 나무들은 울창하게 우거져 시원한 바람을 세례하듯 이마에 맺힌 땀방울을 씻어 주었다.

어느 시인의 시 가운데 '5월에 핀 모란이 어느 무덥던 날 뚝뚝 떨어지고 나면 봄의 여읜 서러움에 잠길 터여요' 하는 시어가 나의 가슴에 남아 있다. 아마 나는 조금 슬픈가 보다. 내가 이루고자 하는 일은 어떻게 할 수 있지 생각하고 또 생각해 본다. 내가 풀 수 있는 열쇠고리는 고 노무현 대통령의 비서실장이었던 문재인 씨가 해 줄 수 있다고 판단했다.

나는 계속 글을 쓰면서 일상을 보내고 있었다. 그런데 안철수가 탈당하면서 문재인 당 대표는 위기가 왔다. 그럴수록 강해진 문재인 씨는 인재를 뽑기 시작하고 공천하기 전 당 대표에서 물러나고 말았다. 2016년 4월 국회의원 총선에서 새누리당 빨간색, 민주당 파란색, 국민의 당 녹색으로

그 밖의 지지율이 낮은 정의당도 있지만 3당 체제로 선거가 치러져 여소
야대로 야당의 승리가 돌아가서 안도의 숨을 고르게 쉴 수가 있었다.

선거 때부터 이화여대에서는 부정입학 부정으로 학교 성적을 조작했다
는 이유로 데모를 하고 있었다. 여기서부터 최순실 딸 정유라가 먼저 언
론에 등장했다. 가장 민감한 특혜로 부정 대합 입학에 국민들이 모두 지
켜보고 있었다. 이때부터 박근혜 대통령에 대한 레임덕 현상이 생겨났었
다. 나에게도 기회가 다시 찾아올까 다시 생각하게 되었다. 기회를 잡을
때까지 그것에 대비해서 준비를 하자.

무엇을 하며 살아야 하나 내가 해야 할 일을 위해서 분명하게 목표를 정
하고 계획을 세우기로 굳게 마음을 먹었다. 여의도 윤중로에 벚꽃이 피었
다 지고 진달래, 철쭉꽃이 필 무렵 우아한 목련 꽃이 얼굴을 내밀고 해맑
게 웃고 있는 모습이 나에게 도전해 보라고 용기를 북돋아 주는 것 같았
다.

12. 알콩달콩 살지

  돈과 재물의 위력은 참으로 대단하다. 사람도 죽이고 부자 지간의 정도 끊어 버리고 애틋한 인간관계도 파괴해 버린다. 그러나 재물 역시 세상의 모든 만물처럼 덧없이 사라지고 만다. 하느님을 도외시하고 재물에 의지하여 산다고 생각할 때 인간은 분명하게 불행해진다.

  하느님이 계셔야 할 최고의 자리를 돈과 재물로 차지한다면 그 사람은 재물의 노예가 되어 버린다. 인간이 진정으로 의지하고 살아야 할 대상은 바로 하느님이시다. 천년만년 살고도 다 소비할 수 없을 만큼 많은 재산을 가지고도 만족하지 못하는 것이 일반 사람들의 욕망이다.

  재물에 대한 사람의 욕망은 한이 없어 그래서 탐욕이라고 말한다. 우리에게는 큰 유혹이 있다. 재물과 하느님을 다 섬기고 싶은 유혹이다. 하느님을 섬긴다는 것은 그분의 뜻을 행하는 것, 즉 이웃을 구체적으로 사랑하라는 그분의 말씀을 따르는 것을 의미한다. 반대로 재물을 섬긴다는 것은 형제의 요구에 이기적으로 마음의 문을 닫고 자기 자신만을 위해 재화를 쌓는 것을 의미한다.

  반대로 재물을 섬긴다는 것은 형제의 요구에 이기적으로 마음의 문을 닫고 자기 자신만을 위해 재화를 쌓는 것을 의미한다. 그래서 우리는 무엇보다도 하느님을 선택하라고 가르친다. 그런데 여기에는 믿음이 전제되어야 한다고 생각한다. 믿음이 없으면 하느님을 먼저 선택할 수 없다.

사실 하느님께 대한 믿음을 갖지 않게 되면 실질적으로 내일에 대한 두려움과 불안에 쌓이게 된다. 따라서 믿음이 약하면 걱정을 야기시키고 걱정은 삶을 비참하게 하고 병들게 만드는 경우도 있다. 내일 일은 걱정하지 말아라 내일 걱정은 내일에 맡겨라. 하루의 괴로움은 그날에 겪는 것만으로 족하다.

잠시 하느님 말씀을 생각하며 내가 일구려고 하는 일에 힘주시라고 두 손 모으고 기도의 제목을 정하고 간구하였다. 지금의 정부가 지원을 해주지 못하는 언론의 자유를 막고 있다는 것은 알고 있었지만 이렇게 많은 문학인들이 블랙리스트 명단에 올라 있다는 것에 분노를 느꼈다.

최순실 게이트가 방송에 나오기 전 내 나름대로 처해 있는 상황을 극복하기 위해 편지를 써서 청와대에 보내기도 했다. 여소야대가 되었는데 어떻게 풀어내기 위해 내가 할 수 있는 일에 마지막으로 문화체육관광 부장님에게 온 정성과 생각을 다해 편지를 쓰기 시작하였다.

안녕하십니까, 장관님.

나는 한미 FTA 한류분야 비준에 들어가 통과된 한미 FTA 한류분야 영화 민주화 운동 시나리오 작가인데 이 부분이 이행 완료가 되지 않아서 다시 건의하기 위해 펜을 들었습니다. 나는 세계 유일한 분단국 세계 민주주의 평화 통일 문학 한류작가가 되기 위해서 많은 노력을 해 왔습니다.

구체적으로 2007년 상영된 민주화 운동 영화는 천만 관객으로 대박이 되어 국내에서 크게 성공하여 세계 민주주의 평화 통일 한류 문학으로 수출할 수 있는 기회가 몇 번 있었습니다. 첫 번째는 2012년 3월 15일 한미 FTA 발효일 때인데 이명박 대통령이 새누리당으로 정치를 했으면 하고 바랐습니다. 그때 나는 갑상선 목 수술로 정치를 못 하게 되자 차기 정부로 미루었습니다.

박근혜 대통령은 2013년 5월 미국을 방문해 한미 정상회의에서 오바마가 재미있는 싸이의 〈강남스타일〉을 말하면서 새드무비 슬픈 영화를 뜻하는 한류 문화에 관심을 보이면서 먼저 말을 했습니다. 그때 박근혜 대통령께서 한미 FTA를 통해서 많은 사람들이 볼 수 있게 체감할 수 있게 하겠다는 대답을 하셨습니다. 그런데 그다음 날 윤창중 씨의 성추행 사건이 방송에 흘러나와 나로서는 난감하고 어처구니가 없었습니다.

그 후 2014년 4월 16일 슬픈 세월호 사건이 발생했습니다. 너무나 슬픈 사건으로 제2의 광주사태가 일어난 것입니다. 이 일로 새드무비 민주화 운동 영화가 세계에 인터넷을 통해서 선전이 많이 되어 버렸습니다.

2014년 4월 25일 아시아 순방 때 서울 청화대 한미 정상회담에서 오바마가 한미 FTA 이행완료를 위해 한미 FTA 추가 협상을 하자고 했습니다. 2015년 3월 세종문화회관에서 리퍼트 대사 피습사건 이후 텔레비전에서는 사드 미사일 배치 뉴스가 많이 방송이 되었습니다. 그리고 2016년 1월 6일, 2016년 2월 7일

북한이 핵미사일로 많은 공격과 협박을 하자 급기야 개성공단을 폐쇄했습니다. 나는 개성공단으로 달려가 북한에 흘러들어간 것을 매우 염려하고 반대하는 사람 중의 한 사람입니다.

박근혜 대통령께서는 오바마와 약속한 한미 FTA 한류분야 민주주의 평화통일 문학을 세계에 수출할 수 있게 이행완료를 위한 추가 협상을 하셨으면 대단히 감사하겠습니다.

이 일이 성사가 되면 종이값, 잉크, 인쇄비, 영화 제작비가 적게 들어가서 부가가치적 효과가 커 선진국 복지 사회 우리나라 남한 국민이 누리면서 행복하게 잘 살 수 있는 기회가 올 것이다는 것을 확실히 믿는 바입니다.

지금은 6권의 책을 내고 소설 4권이 한꺼번에 때가 되면 책이 나오고 영화로 제작이 될 것입니다.

이것이 국민의 한 사람으로서 국가 정책 사업을 해 달러를 많이 벌어서 우리가 합해서 잘 살 수 있게 만드는 것이 나라에 애국하는 길이라고 생각하고 스스로 맡은 일에 최선을 다해 평생 작품을 쓰는 문인이 되겠다고 약속해 드립니다. 대단히 감사합니다.

그 후 편지를 세종시 문화체육관광부로 이송이 되어 답장으로 민원서류 재중 신문고가 실려서 받아 보게 되어 너무나 기뻐서 날아갈 듯 기분이 좋았다. 그런데 내용이 긍정적인 것이 많았는데 광주사태를 부적절한 표현이라고 해서 대통합 동서화합하는 차원에서 교정을 했다.

먼저 한류작가가 되기 위해서 언론이 말한 블랙리스트에서 탈출하는 것이 우선적으로 할 수 있는 일이었다. 사회가 돌아가는 것이 심상치 않아 보였다. 나는 다시 문화체육관광부에 편지를 써서 민원서류로 꿈과 희망, 이루고자 하는 소망을 담아서 보냈었다.

문화체육관광부

안녕하십니까, 장관님.

나는 한미 FTA 한류분야 비준에 들어가 통과된 한류작가 김서연입니다. 행정사무관님이 보내 주신 편지를 보면서 나는 꿈과 희망을 보았습니다. 민주화 과정을 다룬 소설이 또 있습니다. 중학교, 고등학교, 대학생들의 민주화 교육을 위한 지침 자료로 배울 점이 많은 〈망월동에 핀 진달래 철쭉꽃〉이라는 소설책입니다. 이 책에는 잔인한 장면이 거의 나오지 않고 민주화 운동이 일어나게 되는 배경과 이로 인해 우리가 지향해 나가는 세계 속의 대한민국이 눈부시게 발전하는 제2의 '한강의 기적'이라고 부를 수 있는 선진국으로 올라갈 수 있는 꿈과 희망이 담겨 있는 작품입니다.

또 많은 사람들이 원한다면 작가의 마음이니까 망월동이라는 지역이 아니라 〈우리 마음속에 핀 진달래 철쭉꽃〉으로 교정하겠습니다. 나에게는 남편과 아들 둘, 딸 하나가 있습니다. 큰며느리는 대구 달서구 사람이고 작은며느리는 서울 사람으로 결혼을 목적으로 사귀고 있습니다.

이만하면 동서 갈등을 해소시킬 수 있는 돌파구가 되지 않겠습니까. 대통합을 위해 동서화합을 위해 최선을 노력한 것으로 이해해 주시면 대단히 감사하겠습니다. 영화를 찍으면 개런티라고 찍기 전에 계약을 해서 받게 됩니다. 편지에 '한미 FTA 한류분야 영화 제작 지원 요청', '한미 FTA 한류분야 문학 수출 협상 요청'이라고 써져 있는데 구체적으로 감독과 영화사 사장에게 요구할 개런티를 지원하라고 확실히 써서 다시 보내 주십시오.

전번에 천만 관객으로 대박이 되었는데 이익금이 어마어마하게 많은데도 이름이 없어 대우를 받지 못했습니다. 꿈을 이룰 수 있도록 도와주시면 대단히 감사하겠습니다. 서양에서는 4자를 좋아하는데 세계에 팔리려면 국내에서 대박이 되어 성공해야 합니다.

영화를 찍게 되면 전번과 같이 기자가 취재해서 뉴스에 자주 나오고 프로에 작가가 나와 방송을 해서 선전하게 해 주시면 대단히 감사하겠습니다.

나의 꿈을 이룰 수 있도록 도와주십시오.

그럼 이만 줄입니다. 안녕히 계십시오.

이 편지를 보내고 브라질 리우 올림픽이 8월에 열려 밤새 TV 보면서 목이 터지도록 응원을 하였다. 열대야도 사라지고 아침저녁으로 시원한 바람이 불어왔다. 스포츠 스타가 국정 농단을 한 최순실이를 CCTV를 찍어 언론에 제보했다는 소문이 있었는데 박근혜 대통령의 지인 최순실의 비리를 다시는 이런 사람이 없었으면 하는 의미에서 국민으로서 보는 관점을 써 나가고자 한다. 단풍이 가장 절정을 이룰 때 가을이 깊어 갈 무렵 우리나라 안에서 최순실 게이트로 몸살을 앓기 시작했다.

전국이 여소야대가 된 후 JTBC 방송과 세계일보에 제보한 태블릿 PC가 증거로 나왔고 CCTV를 몰래 찍어 둔 최순실과 비서관이 강남에서 박근혜 대통령의 옷을 챙긴 장면이 텔레비전에 나왔다. 그러기 전 독일로 딸 정유라와 손주 등을 데리고 가 버린 상태에서 언론에서 자주 방송이 나와 시끄럽게 일이 커졌다. 제보한 사람은 최순실의 지인 고영태였다.

고영태는 스포츠 스타 펜싱 아시안 게임 금메달을 딴 사람으로 생계 때문에 최순실을 만나게 되었다. 처음에는 사이가 좋게 가까이 지냈는데 고영태가 CF 감독 차은택을 소개한 후 멀어졌다고 했다.

최순실의 성격은 모욕적인 말을 잘하고 사람 취급은 안 했다고 한다. 딸 정유라의 개를 맡겨 놨는데 개를 놔두고 개만 볼 수 없어서 잠시 골프 치러 갔는데 개를 놔두고 돌보지 않았다고 크게 싸운 뒤 내가 개만도 못 한가 하고 제보할 계획을 세웠다고 한다.

최순실은 박근혜를 잘 안다고 하고 박근혜 대통령의 연설을 고치는 것이 취미라고 자랑하고 지인에게 말했다 한다. 최순실이 한 것은 박근혜 대통령 연설문 써 주고 권력을 이용해서 대기업에서 많은 돈을 받았다는 자기만을 위해 국정농단했다는 큰 죄목이다.

2015년 10월, 2016년 1월 K스포츠는 미르 재단을 설립, 후원금을 재벌에서 받았다. 그리고 자기 딸 정유라를 승마선수로 키워 삼성에서 좋은 말을 사기 위해 돈을 받아 돈 세탁을 해서 사리사욕을 채운 우리나라에서 있어서는 안 될 큰 죄를 지은 것이다. 대학도 승마선수로 특혜를 받고 들어갔고 학교도 한두 번밖에 나가지 않았다는데 성적도 매우 잘 받았다고 한다.

그러면 최순실은 누구냐 누구길래 큰 권력을 휘둘렀느냐 하면은 자기 아버지는 무속인 샤머니즘, 천도교, 불교, 기독교를 합쳐서 만든 교회 최태민 목사다. 최태민은 다섯째 부인 임선이 사이에 딸 넷을 낳았는데 그중 둘째 딸 최순들, 셋째 딸 최순실과 박근혜 대통령과 가까이 지냈다 한다.

박근혜 대통령은 문세광의 총에 맞아 어머니 육영수 여사가 서거하고 충격에 받아 힘든 시기에 대전에서 살았던 최태민이 세 번 편지를 써서 꿈에 육영수 여사가 현몽하여 하는 말이 '박근혜 씨가 아시아의 지도자가 될 터인데 가서 도와라' 했다고 사기를 쳐서 마음이 많이 아팠었는데 육영수 여사 어머니를 꿈에서라도 만나고 싶은 심정에 마음이 끌려서 청와대에서 영애 박근혜와 최태민 목사가 만났다.

그리고 처음에는 구국봉사단을 만들었고 후에 다시 새마음구국봉사단으로 고쳐서 후원금으로 대기업에서 많은 돈을 받았다 한다. 그리고 1994년 5월 죽고 난 뒤 박근혜 대통령은 1998년 대구에서 보궐선거로 당선이 되어 국회의원이 되었다. 육영수 여사가 서거 후 박정희 대통령이 5년 있다 서거했을 때 최태민이 자기 집으로 채권더미, 돈을 날랐다는 소문이다. 그렇게 특혜를 본 최태민 씨를 따라서 딸 둘이 대를 거쳐서 최태민 방식대로 돈을 많이 받아 박근혜 대통령에게 치명적인 약점이 되게 피해를 많이 끼쳤다.

사실 박근혜 대통령은 비리를 저지르지 않았는데 최순실을 너무나 봐준 결과 지금에까지 이른 것이다. 텔레비전에 최순실이가 나오고 그다음 날 박근혜 대통령이 국민에게 사과를 했으나 국민들의 분노를 가라앉히질 못했다. 독일로 간 최순실이 박근혜 대통령의 전화를 받고 귀국을 해서 구치소에 구속이 되었다.

국민들은 토요일이면 광화문 거리 시청 앞 광장 전국에서 모일 수 있는 곳이면 다 모여서 손에 촛불을 들고 집회를 하였다. 국회에서 청문회를 열고 특검을 설치해서 조사하기로 했다. 청문회 장소에 최순실은 참석하지 않고 조카 최순득, 딸 장시호 씨가 나와서 조사에 협조적으로 임했다. 가장 기억에 남는 질문은 국회의원이 고영태에게 물어본 말이다.

"김종 문체부 차장은 최순실의 무엇이었나."

"수행비서 같았다."

나는 이름도 알 수 없는 경호실장, 검찰총장, 민정수석, 필요에 따라 소환을 했는데 자기에게 불리한 대답은 피하거나 묵비권을 행사해서 청문회장이 시끄러웠다. 문고리 3인방 안종범, 정호성, 이영선도 소환해서 구속당했다. 국정농단 최순실은 법과 국회를 무시하고 거의 불참했다. 청와대가 왕조시대 문화로 너무 커서 귀곡산장과 같이 썰렁했다. 은둔한 지도자로 회의를 안 하고 관저가 집무실 겸 서재였다.

대통령은 비서실장도 매일 만날 수 없었고 윤전추 여성 비서관 정호성은 매일 볼 수 있었다 한다. 박근혜 대통령은 강박장애 유년 시절 불안으로 인해 고통받았고 일에도 의존성 결정 자기가 아니고 누군가의 도움을 받아했다는데 최고의 권력자는 최순실이었다.

청문회 출석한 사람들은 말을 안 하고 모른다고만 했는데 시간 차이 밤 10시경에 중요한 부분들이 나왔다 한다. 최순실과 대기업들의 공모 여부에 사건을 맞추고 질문했지만 해결할 수 있는 뾰쪽한 방법을 찾는 데는 역부족이었다. 자기 딸 정유라는 독일, 스위스 등 유럽을 떠도는 중 덴마크에서 여권비자 관계로 잡혀서 조사받고 있다는데 국내로 돌아오지 않으려고 소송 중에 있다고 보도에 나왔다. 시간은 걸리겠지만 언제인가는 국내로 돌려보내진다고 한다.

촛불 민심은 대통령 탄핵으로 돌아가서 박근혜 대통령의 앞날을 예측할 수 없도록 최악의 경우로 바뀌어 가고 있었다. 2016년 12월 29일 오후에 최순실 국정 농단 등 여러 가지 이유로 국회의원 300명 중 234명 가결이 된 탄핵 소추안이 헌법재판소에서 날마다 재판을 하고 있다는 보도가 겨울 내내 뜨겁게 1,700만 명 촛불이 타올라 추운 줄을 몰랐다.

이 모든 것은 최순실이 잘못한 것으로 박근혜 대통령과 우리 국민들에게 피해가 고스란히 돌아와 사회가 혼란에 빠졌다. 이것은 남의 사생활이지만 너무나 나쁜 사람이므로 이런 사람이 어떤 가정에서 자랐고 인간관계가 어떤지 파헤쳐 보도록 한다. 첫 번째 결혼해서 이혼하고 어머니인 임선이 씨 소개로 정윤회 씨와 재혼해서 딸 정유라를 낳았다. 결혼 20년 만에 이혼하고 남자관계가 안 좋은데 술집에서 호스트바 고영태를 만나고 생계가 어려웠던 고영태는 최순실을 마음대로 할 수가 없어서 사이가 나빠져 악질이 나쁜 최순실을 언론에 제보해 지금과 같은 상황이 국민들의 분노를 사 권력을 위임받은 박근혜 대통령이 정치를 잘못해서 국민들이 물러나라고 명령을 한 것이다.

지금까지 최순실 국정농단에 초점을 맞추어 썼는데 작가인 나와 관계되는 문화체육관광부를 장악해 모든 특혜를 받았다는데 언론이 말한 문화계 블랙리스트에 들어가 나는 그렇게도 노력했지만 아직 이름이 나오지 않는 이유를 이제는 알게 되었다. 2014년 4월 16일 세월호 사건 이후 박근혜 대통령을 비판을 해 심기가 불편한 마음을 알고 김기춘 지시로 조윤선 장관 등이 좌파 문학인들의 지원을 배제하라는 작가 이름 명단을 작성했다는 제보를 문체부 관계되는 사람들이 갖고 있다가 언론에 보낸 것이다.

2014년 5월에 블랙리스트 80명이 10월에 체육인까지 10,000명 정도가 되었다는 이른바 창작 예술인을 탄압했다는 내용이다. 나는 한류작가로 거듭나기 위해서는 이 문제부터 풀어야 한다고 때가 되면 문화체육관광부 예술정책과를 방문을 해 허심탄회하게 대화를 해야겠다고 생각을 했다.

　결국은 김기춘 전 비서실장, 조윤선 문화체육관광부 장관이 실체가 밝혀져 전 김종덕 장관까지 구속당했다. 약 70일 동안 헌법 재판소에서 판결하기까지 심사하는 동안 박한철 재판소장이 1월 말 임기를 마쳐 8명이 되고 이정미 헌법재판소 권한대행이 2017년 3월 10일 판결하기로 하였다.

　드디어 운명의 날 아침 이정미 소장 권한대행은 자기가 머리를 만지는 여성인데 박 대통령은 세월호 사건 때 머리를 만지는 데 골든 타임을 쓰고 그 당시 지시 명령을 하지 않는 것이 대조적이었다. 모든 권력은 국민으로부터 나오고 국민의 명령이라는 것은 민주주의의 정신이라고 판단한다. 이정미 재판관의 아침 출근길, 헤어롤을 차 안에서 푸는 것을 잊어버릴 정도로 일에 전념한 모습에 모두 감동했다.

　박근혜 탄핵 소추 냉점

　1. 최순실 등 비선 국정 농단에 따른 국민 주권 위배

　2. 공무원 부당 좌천과 민간 인사 개입 권한 남용

　3. 정윤회 사건 보도 과정 언론의 자유 침해

　4. 세월호 사건 관련 생명권 보호 의무 위반

　5. 뇌물 수수 등 형사법 위반 등등

이정미 헌법재판소장 권한대행 주문이 선고를 낭독하였다. 탄핵 인용

만장일치로 판결이 나와 파면됐다. 지금부터는 박근혜 전 대통령이라고 부르고 삼 일 만에 청와대 관저에서 나와 강남구 사택으로 들어갔다. 전국은 대선을 치르기 위해 바삐 돌아갔다. 촛불 집회는 일단락 마무리되었고 대선에서 누가 대통령이 되는가에 국민들의 관심이 쏠려 있었다.

나는 그동안 연유가 있어 출판사 편집부장과 상의를 해서 9년 만에 소설 3권을 내게 되어 너무 기뻤다. 내가 선거운동하는 방법은 나의 책을 들고 선전하면서 돌아다니면 된다고 생각했다. 얼마 있다가 인터넷 네이버 책을 검색하니까 창에 떠서 독자들이 알아볼 수 있는 정도까지 이르게 되었다.

선거운동 기간은 60일 장미가 필 무렵이라고 해서 장미 대선이다. 지금은 각 당에서 대통령 후보자 연설에 실내 체육관이 뜨거운 열기로 전국이 화끈화끈 달아올랐다. 이렇게 2017년 봄은 예년처럼 꽃들이 피어 새로운 시대의 전환점에 출발하기 위해 선진국으로 들어갈 수 있는 기회를 잡기 위해 새로운 지도자 새 대통령을 우리 국민들의 손으로 뽑아야 하는 사명감으로 임해야 된다는 우리의 공통된 의견이다.

13. 강물과 같은 평화

평화는 세계 모든 사람들이 추구하는 목표이다. 그러나 안타깝게도 오늘날 세계 곳곳에서 전쟁이나 분쟁, 억압과 폭력 사태 등으로 평화가 위협받고 있다. 평화는 인간 존엄성의 바탕에서 이루어진다.

따라서 인권은 평화에 있어서 필수적인 요소라고 생각한다. 우리 사회는 인간의 가치보다 물질의 가치를 우선시하는 가치 전도 현상이 심각하여 가난한 이들과 사회적 약자들을 더욱더 고통으로 내몰고 있다.

우리 모든 삶의 문제를 경제논리로만 해결하려고 하는 유혹과 경제만 좋아지면 모든 문제가 다 해결된다는 환상에서 벗어나야 한다. 만약 그렇지 못하면 집단 이기주의와 물질 만능주의가 사회를 지배하게 된다.

따라서 우리는 가르침대로 물질이 아니라 사람을 소중히 여기는 새로운 삶의 방식을 채택하도록 끊임없이 노력해야 한다. 인간은 누구나 평화롭고 행복하게 살기를 원한다. 그러기 위해서는 모든 이가 함께 공존하면서 살아가는 지혜와 슬기를 찾아야 한다.

우리가 평화를 이루기 위해서는 다양성을 인정해야 한다. 우리는 이 땅에 하느님의 정의와 평화가 구현되기 위해 끊임없이 기도하고 노력하기 위해 나는 또 편지를 보내기 위해 펜을 들어 쓰기 시작했다.

문화체육관광부

안녕하십니까, 예술정치과 행정사무관님.

나는 한미 FTA 한류분야 민주주의 평화 통일 정치 소설과 멜로 로맨스 연애소설을 연결시켜서 딱딱한 정치 참여를 부드럽게 한 순수 문학을 지향하는 한류 문학 작가 김서연입니다. 어려서 광주사태가 나자 데모를 한다고 학비를 주지 않아 스스로 자퇴를 한 후 두 가지 길이 있었습니다. 집안의 높은 사람 인맥으로 내 나이 스무 살이 되던 연말에 공무원으로 잠시 전남도청 서무과 문서계에 근무한 경험이 있습니다. 사회생활을 하면서 만나는 사람이 많아 모두 학생 신분으로 직업이 없는 터라 자금은 모두 나의 몫이었습니다.

나는 지금까지 청렴, 결백, 국민 윤리, 바른 생활로 살았습니다. 내가 문학을 하게 된 동기는 월급이 너무 박봉으로 배가 고파 나의 재주를 갈고닦아서 풍족하게 살기 위해 회사에 다니면서 다시 선택한 것이 글쓰기였습니다.

처음에는 내가 잘살기 위해 문학을 선택해서 시작했지만 지금은 발전하여 지하자원이 없는 우리나라가 우수한 고급 인적 자원으로 선진국으로 올라가는 데 일조하고 싶은 신념 하나로 지금까지 왔습니다.

그런데 그렇게 사는 데에는 부작용이 따랐습니다. 두 가지 일, 즉 정신이 분열되면서 오는 불면증은 평생 안고 가는 지병이 되었습니다. 겉은 말짱하지만 정신은 상처투성이 거기에서 오는 스트레스는 말할 수 없이 많았습니다.

나에게는 꿈이 있습니다. 내가 문학을 하게 된 배경에는 김대중 전 대통령이 계셨기 때문입니다. 김대중 대통령은 같은 문중으로 저의 할아버지와 항렬이 같아 오 대 할아버지가 같다고 합니다. 이천 년 김대중 대통령의 노벨 평화상 시상식은 '나는 할 수 있다. 하면 된다' 라는 자신감을 갖게 된 또 다른 계기가 되었습니다.

민주주의 평화 통일 문학을 평생 하면서 우리나라가 평화 통일하는 감격의 그날이 오면 통일하는 선구자로서 세계 평화를 위해 일한 사람으로 인정을 받아 노벨 문학상을 가슴에 안을 수 있다면 나 개인의 영광이요 우리나라를 세계에 길이 빛내는 사람으로 영원히 남아 있을 것입니다.

솔직히 박근혜 대통령은 임기 4년 우리나라를 대표하는 대통령으로 알아주지만 지금은 박근혜 대통령의 영향력으로 언론의 자유가 없는 나 김서연은 저 삼국통일을 한 김유신 장군과 원술랑의 후예 가락국 김수로왕 72대 세손으로 앞으로 미래 후손들에게 세계 평화 통일을 위해 일한 사람으로 작품이 남아 천 년 이상 아니 영원히 알아줄 것이라고 나는 그렇게 생각합니다.

높은 하늘은 파랗게 그 창공 아래 자유롭게 나르는 새들의 자유가 부러워 나의 가슴속에 맺힌 응어리를 글로써 토해 냈습니다. 나의 작품은 내가 독학해서 구어체(자유로운 자연스런 문체)로 대화하듯이 말하듯이 써 내려가서 번역을 하면 자연스런 영어 단어가 많지만 국문과를 전공하면은 추상적인 전통적인 틀 기, 승, 전, 결, 연, 행 등 이런 것은 영어에 없는 단어가 많습니다.

만일 국내에서 대박이 되어 수출하게 되면 국가 예술 정책 사업으로 문화체육관광부에서 영화사와 감독과 작품이 연결이 되어 관리를 하는지. 그리고 문학을 수출하게 되면 번역과가 따로 있어 외국어대 교수와 연결이 되어 관리를 하는지 자세히 알고 싶습니다. 때가 되면 일행들과 문화체육관광부 예술정책과를 방문하겠습니다.

과거 고 노무현 대통령님과 만나서 대화할 때에 수출하면은 잉크, 종이값이 적게 들어가 부가가치적 효과가 큰 관계로 수출업체를 따로 두어 국내에서 번역을 해서 정부가 출판사 역할을 해 책을 만들어서 우리나라 문화체육관광부와 세계 각 나라의 문화체육관광부와 국제 간의 계약을 해서 수출한다고 했는데 그동안 박근혜 대통령과 만날 수 없었고 대화가 되지 않아서 몹시 궁금한 점입니다.

내가 분명히 알고 있는 것은 한미 FTA 한류분야에 한류 영화와 한류 문학이 수출할 수 있다는 것입니다. 이것은 자유지만 예술정책과 행정사무관님이 자세히 설명을 해서 편지를 보내 주시면 평생 문학하는 데 많은 도움이 되겠습니다.

꿈을 이룰 수 있도록 도와주십시오.

대단히 감사합니다.

그럼 행정사무관님 안녕히 계십시오.

문화체육관광부

안녕하십니까, 행정 사무관님.

드디어 희망의 봄은 우리 곁에 왔습니다.

추운 겨울을 이기고 땅속에서는 생명을 움트기 위해서 때를 기다리고 있습니다. 한 알의 밀알이 땅속에 묻혀 썩어야 수많은 꽃을 피워 내 몇천 배, 몇만 배 열매를 맺지 않습니까. 그래서 어느 시인이 사월은 잔인한 달이라고 말하는 이유를 조금은 알 것 같습니다.

죽어서 썩는 것은 슬프지만 많은 열매를 맺는 것은 기쁜 일로 슬픔 뒤에는 반드시 기쁨이 온다는 것이 인생을 살아가는 순리인 것 같습니다. 오랜 시간 인고의 세월로 작품만 집필했는데 9년 만에 새 책이 3권 나왔습니다.

〈우리 마음속에 핀 진달래 철쭉꽃〉도 약속대로 교정을 하여 재판이 나왔고, 4권의 소설책을 예술정책과 사무관님 앞으로 보내니 교보문고에 인터넷 네이버에도 나오게 많이 선전해 주시면 대단히 감사하겠습니다. 감독님께서 영화를 찍기 위해서 시나리오를 써서 예술정책과에 허가받으러 가면 읽어 보시고 검열을 해서 합당하시다고 생각하면 허가도 해 주시고 텔레비전 프로에 작가가 나와 선전하게 해 주시면 앞으로 평생 작품을 쓰는 데 많은 도움이 되겠습니다.

어렸을 때부터 꿈꾸어 오던 것이 현실로 이루어져 만나뵈올 수 있는 기회가 있었으면 영광이라고 생각합니다. 꿈은 이루어진다. 사계절이 뚜렷한 대한민국에 살고 있다는 것이 너무 행복합니다.

가정을 위해서, 이웃을 위해서, 사회를 위해서, 국가를 위해서, 더 나아가 세계 평화를 위해서 내가 할 수 있는 것이 글쓰기라고 생각하고 나 자신이 스스로 맡은 일에 충실히 한다면 언제인가는 철조망이 없어지고 남북이 자유롭게 오고 갈 수 있는 날이 올 것이라고 확실히 믿는 바입니다.

세계 속의 대한민국.

우리 대한민국의 미래는 작지만 강한 나라 강소국이 될 것이라고 확신합니다. 내가 블랙리스트에 올라 있는 것으로 알고 있습니다. 블랙리스트에서 탈출할 수 있다면 이후에 쓴 모든 작품은 선진국으로 올라가기 위해 국내에서 천만 관객 이상이 될 수 있도록 선전을 많이 해 주신다면 선진 복지사회 건설에 중요한 역할을 다하겠습니다.

우리나라 대한민국 미래의 눈부신 발전을 거듭할 수 있도록 미약하나마 평생 작품을 후손들에게 물려주기 위해 최선의 노력을 다하겠다는 약속을 해 드리겠습니다.

대단히 감사합니다.

그럼 안녕히 계십시오.

  나는 두 통의 편지를 보내고 내 나름대로 책을 들고 선거운동을 했다. 대학교를 돌아다녔다. 교정의 나뭇가지에는 짙은 녹색으로 아침 이슬을 머금고 햇빛에 반사되어 반짝반짝 빛나고 있었다. 학생들은 깨끗한 옷차림으로 손에 책과 가방을 들고 강의실로 또는 도서관으로 각자 자기들의 앞날을 개척하기 위해 여념이 없었다. 대학을 나와도 좋은 일자리 갖는 것은 하늘의 별 따기처럼 힘들고 어려운 상황이었다.

　다른 대학교에서는 축제 기간이라고 파전, 막걸리, 떡볶이, 순대 등을 팔기도 하고 백일장을 여는 곳도 있어서 활기찬 대학생들의 밝은 미래가 기다려지는 나라를 대표하는 대통령을 잘 뽑아야 한다고 한목소리를 내고 있었다. 나는 또 여의도 대선 캠프 사무실을 여러 번 가 보았다. 우체국 사람들이 많은 곳이 유세장으로 붐벼서 버스를 타고 가다가 내려서 오래도록 지켜보았다.

　내가 가지고 선전하던 새 책 3권도 건네주었다. 일주일 동안 여론 조사를 할 수 없고 발표할 수도 없는 깜깜이 선거운동 기간이 지나고 드디어 투표하는 날이 되었다. 왜 내 가슴이 두근두근 심장 뛰는 소리가 들리는지 빨리 하루가 지나갔으면 하고 긴장 속에 신경이 모두 한 곳으로 집중이 되어 손에 땀이 났다.

　점심을 먹고 온 가족이 초등학교 과학실에서 떨리는 마음으로 무사히 투표를 마치고 돌아왔다. 이틀 동안 사전 투표도 할 수가 있어 황금연휴 기간 공항에서 여행을 떠나기 전 투표하는 사람이 많았다. 아침 여섯 시부터 저녁 여덟 시까지 투표를 마치고 출구조사로 대통령 지지 투표율이 저녁 여덟 시 뉴스에 곧바로 발표되어 문재인 씨가 당선 가능성이 확실하게 나왔다.

　수많은 사람들의 환호를 받으며 밤늦게 광화문 광장에서 축하를 자축하였다. 그동안 후보에 올랐던 사람들 중에 당선된 문재인 대통령 당 대표 등 여러 인사들이 마이크를 잡고 한 말씀하고 시민들에게 당선 소감을 올렸다. 참으로 기분 좋은 밤이었다. 얼마나 기다렸던 순간이었는지 가슴이 뭉클했다.

2017년 5월 10일 촛불 집회로 탄생된 문재인 대통령은 보궐선거로 국회 중앙홀에서 간단하게 대통령 취임식을 하였다. 취임 연설은 단문으로 귀에 쏙쏙 들어와 알기 쉬웠다. 기회는 평등할 것이다. 과정은 공정할 것이다. 결과는 정의로울 것이다.

우리 국민 모두를 합리적 진보와 개혁적 보수를 가슴으로 끌어안고 국민을 통합하겠다는 말씀이 가슴에 와닿았다. 찬란한 오월의 햇살이 너무나 아름답고 내 마음속에 자유가 찾아오는 것 같은 진한 느낌으로 다가왔다.

나는 또 어렸을 때부터 꿈을 현실로 이루기 위해 이때다 생각하고 온 정성을 다해 문재인 대통령께 편지를 썼다. 취임 후 일주일 뒤 광주사태 민주화 운동 기념식이 망월동에서 국민들의 관심 속에 거행이 되었다. 너무나 뜻깊은 행사였다. 4.19 의거, 부마 항쟁, 5.18 민주화 운동, 6.10 민주항쟁 촛불 혁명을 헌법 전문에 넣겠다.

국민의 정부, 참여 정부, 민주 정부로 이어져 국민을 위한 정치를 하겠다는 문재인 대통령의 연설을 시청하는데 초인종이 울려 나가 보니 우체부 아저씨가 청와대에서 편지가 왔다고 건네주었다. 나는 너무나 감동적인 장면을 보면서 눈물을 흘렸다.

5.18 당일 아버지는 희생당하고 그날 태어난 유가족이 37년 만에 하늘나라에 계신 아버지께 편지를 써서 울면서 읽어 내려갔는데 문재인 대통령께서 안아 주시고 끝나면 아버지 묘에 같이 가 보자는 말씀에 유가족은 아버지 품 속 같았다고 따뜻하고 다정한 사람으로서 갖추어야 할 훌륭한 인품을 볼 수 있어서 잘 선택했구나 하고 느꼈다.

그리고 9년 만에 임을 위한 행진곡을 서로 손을 잡고서 제창하는 행사를 무사히 마쳤다. 나는 화장지로 눈물을 닦고 청와대 비서실에서 보내온 편지를 읽고서 너무나 감동을 받았고 기분이 좋았다. 내가 선택한 자유에 책임과 의무를 다하는 성숙한 선진 국민으로서 솔선수범하는 좋은 모습으로 보답하겠다는 생각을 했다.

사실 이명박 전 대통령과 박근혜 전 대통령에게 편지를 보냈는데도 답장이 오지 않아서 실망했었다. 며칠 뒤 나는 오늘 아침 산뜻하게 차리고 집을 나섰다. 오늘 집을 나서기 전 기도했나요. 오늘 받을 은총 위해 기도했나요. 기도는 우리의 인식 빛으로 인도하시는 발길 따라서 정부 청사가 세종시로 이사한 지 몇 년이 되었는데 문화체육관광부를 방문하기 위해 전철을 탔다.

강남 고속터미널에서 세종시로 가는 속리산 고속버스에 표를 끊고 커피 한 잔 사서 향기를 맡으며 자리에 앉았다. 기분이 당일치기로 여행을 가는 듯한 느낌이 들었다. 궁금한 점, 호기심을 풀기 위해 무엇부터 논의해야 할까 생각을 정리하였다.

최순실 국정농단으로 문화체육관광부가 상처를 많이 받고 망가져서 누군가 복원하기 위해 노력을 해야 하는 상황이라 나의 의견을 건의해 보자 문재인 대통령이 있는데 나는 무서울 것이 없었고 의기 당당했다. 이윽고 도착해서 담당자를 만나 대화를 했다.

"안녕하십니까. 편지를 자주 보냈는데 서면에서 논의가 안 된 점이 몹시 궁금해서 왔습니다."

"나는 주무관입니다. 문학을 담당하고 있으니 문의를 하십시오."

"답장이 아주 긍정적이어서 한류 문학, 한류 영화로 만약에 정해지면 어디에서 번역합니까?"

"예, 한국문학번역원에서 번역을 합니다 문체부 소속으로 서울시 강남구 삼성동에 있습니다. 우리나라에 유학 온 사람들이 우리 문화도 배우기 때문 소통에는 문제가 없다고 생각합니다. 만일 일이 잘된다면 문학은 작가가 의뢰를 하고 영화는 감독이 의뢰를 합니다. 출판도 맡아서 합니다."

"그래요. 궁금한 점이 풀리긴 했지만 한미 FTA 한류분야를 이행완료할 수 있게 논의를 잘해야 한다고 생각합니다. 아주 긍정적으로 모든 일에 임하고 있으니 도와주십시오. 국익 차원에서라도."

"우리는 높은 사람들이 하라고 하면 도와드릴 수가 있습니다."

"감사합니다. 한류로 완전히 정해지면 다시 오겠습니다. 수고하십시오."

차창 밖의 싱그러운 신록을 감상하면서 이제 때가 되어 가니 하느님 도와주십시오 하고 묵상했다. 우리 아이들이 사회생활을 하고, 막내는 대학생이라 사귀는 사람들이 있어서 주말이면 데이트를 하는지라 금요일 저녁에는 가족이 모여 밥을 먹는다. 오늘도 맛있는 밥을 먹고 후식으로 커피를 마시면서 한자리에 앉아서 대화를 한다.

"문재인 대통령 취임이 얼마 되지 않았는데 잘한다는 지지율이 매우 높아요. 여보, 대북 관계도 원만하게 풀어 갈 것이라고 생각하니 근심 걱정하지 말아요."

"나도 그렇게 생각하는데 미사일 때문에 많이 신경 쓰여요."

"전직 대통령들이 빚을 많이 써서 우리들이 갚아야 할 몫으로 생각되고 간신히 어렵게 직장을 잡았으나 학비 융자금을 갚아야 하기 때문 젊은 사람들이 부모의 도움을 받지 못하면 결혼하기가 힘들어요."

"형, 박근혜 전 대통령은 우리나라를 모르는 것 같아. 정치를 하면 대통령이 되고 싶어서 당선을 했는데 그 뒤에 하고 싶은 일이 없었던 것 같아. 남에게 의존하고 말이야."

"나는 대학 졸업반인데 일자리 잡는 것밖에 관심이 없어. 오빠들은 다행이야."

서로 이야기를 나누다가 밤이 깊어 밤에 들어가 잠을 청한다. 요즘 청문회 후보자들 검증하는 장면이 자주 보도가 된다. 장관 중에 강경화 외교부 장관 후보자, 문화체육관광부 도종환 후보자에 많은 관심과 성원을 보내고 있다. 나의 글쓰기에 획기적인 전환점 한류작가로 거듭나기 위해서 편지를 써서 때가 되면 보내기로 했다.

검증에 통과되고 국회에서 표결이 되면 나는 우체국으로 향했다. 어렸을 때부터의 꿈이 현실로 이어지는 순간마다 손에 땀이 나도록 긴장을 늦출 수가 없었다. 지금이 나의 존재감, 인생의 가치관, 삶의 철학을 확실하게 세우고 살아가는 아름다운 자아의 실현이다.

문재인 대통령은 6월 말 미국을 방문해 트럼프 대통령과 한미 정상회담에서 논의할 의제에 대해 준비를 하고 있었다. 의제는 한미 동맹 강화, 북핵 미사일 방어에 대해 논의를 하고 그리고 사드 문제 방위비, 한미 FTA에 관한 것이라고 뉴스에 나와서 성공적으로 잘되기를 두 손 모아 기도를 했다. 문재인 정부는 사드와 방위비를 미국의 말을 들어주고 한미 FTA에서 얻어 내야 할 국익에 관해 우리 국민들의 화젯거리가 입에 오르내리고 경제가 좋아져야 한다는 중요한 내용이다.

하느님 사랑과 이웃 사랑을 지키도록 사람들을 가르치는 것은 결코 쉬운 일이 아니다. 때로는 죽음을 각오해야 하는 일도 있었다. 우리가 하는 모든 일과 행동 안에서 예수님의 현존을 느끼게 할 수 있어야 한다.

'내가 세상 끝날 때까지 언제나 너희와 함께 있겠다' 이 얼마나 힘이 되는 말씀인지 예수님께서 함께하시니 우리는 못할 것도 무서울 것도 없다고 생각했다. 우리나라는 작년 10월부터 최순실 국정농단으로 길고 긴 폭풍우와 눈보라, 비바람이 거친 후 강물과 같은 평화가 찾아왔다.

문재인 대통령의 취임으로 상처받은 사람들을 보듬고 치유해 가는 모습을 지켜보면서 이제야 나라다운 나라가 되었다고 안도의 숨을 고르게 쉴 수 있어서 참으로 다행이다.

나는 이 시점에서 또 다른 꿈을 꾸게 되는 계기가 되었다. 상아의 계절 6월, 하늘은 알맞은 햇빛과 알맞은 바람, 참 평화로 인해 '이제는 살맛 난다. 살아 볼 만하다'라는 국민들의 소리를 듣고 싶어 하는 사람을 기억해 준다면…….

강물과 같은 평화

ⓒ 김영임, 2024

초판 1쇄 발행 2024년 5월 3일

지은이   김영임
펴낸이   이기봉
편집   좋은땅 편집팀
펴낸곳   도서출판 좋은땅
주소   서울특별시 마포구 양화로12길 26 지월드빌딩 (서교동 395-7)
전화   02)374-8616~7
팩스   02)374-8614
이메일   gworldbook@naver.com
홈페이지 www.g-world.co.kr

ISBN   979-11-388-3082-9 (03810)